ふるさと文学さんぽ

北海道

監修●野坂幸弘
元・北海学園大学教授

大和書房

雪の美しいのを見るにつけ、月の美しいのを見るにつけ、つまり四季折り折りの美に、自分が触れ目覚める時、美にめぐりあふ幸ひを得た時には、親しい友が切に思はれ、このよろこびを共にしたいと願ふ、つまり、美の感動が人なつかしい思ひやりを強く誘ひ出すのです。この「友」は、広く「人間」ともとれませう。また「雪、月、花」といふ四季の移りの折り折りの美を現はす言葉は、日本においては山川草木、森羅万象、自然のすべて、そして人間感情をも含めての、美を現はす言葉とするのが伝統なのであります。

川端康成
●ノーベル文学賞受賞記念講演「美しい日本の私」より抜粋

目次

森と湖

雪

さまざまな時代に、さまざまな作家の手によって、「北海道」は描かれてきました。

本書は、そうした文学作品の断片（または全体）を集めたアンソロジーです。また、本書に掲載された写真作品は、すべて山﨑友也氏によるものです。

流浪

愚者の旅　わがドラマ放浪　倉本聰

「前略おふくろ様パートII」を書きながら、北海道に定住することを僕は真剣に考え始めていた。

そう云うと札幌の友人たちは笑い、あんたは旅人だからそんなこと云えるんだ、実際に冬を過ごしてみろ、すぐに又東京に逃げたくなるから、と云った。しかし北海道に住むと云っても僕は札幌に住む気はなかった。なんといっても札幌は都会だったし、それに肝臓に悪い街だった。友人たちの嘲笑にもムッと来たし、ならば札幌よりもっと厳しい場所、冬の季節のもっと激しい地を敢《あ》えて探して住んでやろうと決意した。そうして僕の定住地探しの旅が始まった。

いくつかの条件が頭にあった。

冬と夏との寒暖の差の激しい所。即ち四季が明確に見える場所。

太い樹のある自然林の中。

水の見える場所。

不便であってもかまわない。そうした場所で自分を孤立させ、可能な限り他人に頼らず、出来得る限り己れの力で毎日の暮しを切りひらける場所。

浦河《うらかわ》、根室、釧路、中標津《なかしべつ》、羅臼《らうす》、斜里、北見枝幸《えさし》などの海岸線。十勝三股《とかちみつまた》、遠軽《えんがる》、屈斜路《くっしゃろ》、ニセコなどの内陸部。暇にまかせて車を走らせあちこちを見て歩く旅の日が続いた。そして積丹《しゃこたん》の美国《びくに》へ到達した。

世話をして下さる方がいて、美国港を見下ろす岬の上の土地三千坪がすっかり気に入り殆《ほとん》どそこに決めかけた。何しろそこは一八〇度眼下に海が拡がっており、小規模ながら自然森もあった。これらの旅で気づいたことは、北海道には自然林が、国有林以外余りにも少ないという事実だった。かつて原生林に覆《おお》われていた筈《はず》のこの島の森は、開拓時代に殆ど伐《き》り払われ、代りにカラ松が植えられた。どこに行っても目につくのは、カラ松、トド松の人工林であり、落葉樹の自然林はまことに少なかった。その貴重な落葉樹の小さな木立《こだち》が、まがりなりにも美国の土地にはあった。何より一八〇度日本海というその眺望と「美国」という地名にも強く惹かれた。何度も足を運び殆どこの場所に決めかけたのだが一つ大きなネックがあった。岬が岩盤で全く水が出ないというのである。下から水をポンプアップするのは冬の凍結を考えるととても無理だった。そして泣く泣く美国をあきらめた。あの時美国に住んでいたら「北の海から」なんてドラマを書いていたかもしれない。

遂に完全にあきらめたその夜、すすきのの「樽平」でその話をしてたら、隣にいた男が話しかけてきた。

「フラノって所を知っているかい？」

「フラノ？　知りません。そこはズボンの布地の産地かなンかですか？」

「富良野って書くんだ。なンもないとこだけどいい所だ。その市が今、市の持っている自然林の中に文化村を創ろうっていう構想を持っている。興味あるなら案内してあげる」

あまり期待もしなかったけれど男の親切さについほだされ、いい加減飲んでた酔いも手伝って「ほんじゃ明日行くべ」「明日ですか？」「明日の朝七時に札幌駅で逢うべ」「いいねいいね」なンて調子で男と翌朝本当に駅で落ち合いのこのこ富良野まで汽車で行くのである。男は書道家の小川東州と名乗った。昨夜飲み屋で逢ったばかりだから男の身元も何も知らない。列車の中で酒を買い、朝からチビチビやりながら富良野に関するレクチュアを受けた。なにしろこっちは富良野が一体どこにあるのか、それすら殆ど知らないのである。

「富良野には東大演習林という東洋一の大原生林があって、そこで三十年林長をしとったどろ亀さんという名物教授がおる。二、三年前に退役したが三十年間朝から酒を飲んで森を歩いとったっちゅう殆どアル中の東大教授だ。三十年間東大の教授だったのに、一度も本郷の教壇に立ったことがないから、通常の教授は退官の時『さよなら講義』というのをして華々しく送られるのにそのさよなら講義もしてもらえなかった。さすがに一寸《ちょっと》淋しかったとみえて富良野の市長に酒席でぼやいたンだ。そしたら市長がいたく同情し、そんならこっちでさよなら講義をすべぇ。丁度演習林の中にある三ノ山小学校という生徒五人先生が三人という分校がもうじき廃校になることだからそこでやったらどうかと云ったンだ。どろ亀さんこの話にいたく乗って、ＰＴＡを含む二十人程の前で二時間にわたる感動的な講義をして晴ればれと退官してったそうだ」

汽車は名も知らぬ山の谷間《あ》いを大きな川沿いに黙々と走っている。

「そのどろ亀さんが、人と森とが共生できるには、どの位の大きさの森にどの位の家族が住むのがいいかという一つの実験をしたいと云い出して、市と話をし、四ヘクタールの市有林を十二分割し、電気だけは引く、水は沢の水を使え、塀は建てちゃならん。家を建てるところ以外木は伐っちゃいかんという、極めて非文化的宅地を考案して作ったのが文化村というこれから行くとこだ。要すれば只の荒れ放題の森だ。何年か前に市歌を作曲した八洲秀章《やしまひであき》さんという作曲家が、今その森に一人住んどる」

酔いと列車の震動のせいか、次第にそこが桃源郷のように思えてきた。

八洲秀章氏。「さくら貝の唄」「あざみの唄」などの作曲家。

どろ亀さん。本名高橋延清《たかはしのぶきよ》先生。東大名誉教授にして林学の大家である。

駅に手廻しよく市の人が迎えに来てくれていた。せっかちで少々吃《ども》りぐせのある頭の薄い好人物。

「な、なンもないよ。ひ、ひどい森だよ」

北の峰山麓の林道を上って案内された場所は将《まさ》にそうだった。うっそうたる森。地べたは身の丈ほどの熊笹に覆われ、直径五十センチはゆうに越える白樺。ニレ、トド松、ホウの木などが圧倒的に立ち、中には斜めに倒れた木があり、木々の梢からはターザンの映画に出てくるような太いコクワのツルが無数に垂れ下がる傾斜地。下は落ちこんで谷になっており、そこからかすかに沢の音が聞こえる。古い木の幹には何やらカッカッと引っかいたような跡がある。

「ク、クマがコクワの実をとりに、ノ、ノボッテ、す、すべり下りた時の、ツ、ツメ跡だ？　こ、ここらは昔はク、クマのすみかだったンだ？」

「今でもクマは出るンですか!?」

「な、なンもだ。なンも心配いらん。こ、ここらのクマは気立てが良いから」

気持が昂揚《こうよう》し、思わず叫んでいた。

「ここに決めました！　ここに住みます!!」


最初の小屋の建ち上がったのは、それから一年後、昭和五十二(一九七七)年の夏の終わりである。四十二歳の時だった。


その小屋は物凄い小屋だった。

二年半に及ぶサッチョン(札幌独身族)の暮しを断ち、僕は富良野のこの小屋で久方ぶりに妻との暮しを再開したのだったが、とにかくこの小屋は凄い小屋だった。東京で頼んだ設計家も、地元で建てた工務店も、定住しようという僕の覚悟を知らず、別荘のつもりで建築してくれたから、その冬十一月、たちまちマイナスの気温に下がると深刻な事態が次々と起きた。

当時——二十余年前の北海道は、地球温暖化の始まる前で今より格段に気温が低かった。十二月に入るとたちまちマイナス十度を超え、十二月中旬気温はマイナス二十八度まで下がった。そしてその気温が一週間続いた。

インク壺《つぼ》のインクが底まで凍り、ビール、ワインは全て破裂した。地元の人たちが心配してくれ、だからそういう凍りつくものはちゃんと冷蔵庫にしまいなさいと云われた。ストーブはちゃんと焚《た》いている筈《はず》なのに、朝起きると布団の首まわりにフワッと白く霜がついており、試みに枕元に寒暖計を置いてみると室内だというのにマイナス三度。僕も女房も首が動かなかった。地元の工務店の忠告をきかず東京の設計家が水道管を全て壁の中に設置したため、水道管には室内の温度が到達せず、外気温がそのまま到達して水道管は毎晩破裂した。北海道にある独自のシステム、水道管の中に残った水を全部地中に落として眠るという水抜き栓なるもののシステムを僕らが理解していないせいもあった。

悲惨だったのはトイレである。

秋の間にバキュームをしておくべきだったのに切実に考えていなかったものだから、雪の季節となり、バキュームカーが林道を上れなくなってから飽和状態を超え始めた。女房は女だから仕方ないとし、僕は責任上大小を外でする破目となった。

想像して欲しい。

マイナス二十八度の新雪の戸外で現実に大をなす状況というものを。

昔の満州のホラ話で小便がやりつつ凍るという、あれはウソである。水流は凍らない。しかしクソは凍る。こっちの雪はパウダースノーと云われる通り、寒すぎて湿気の殆どない雪であるから箒《ほうき》ではけばふわっと飛んで行く。従って足がズブリと入る。その雪をふみかため左右の足場を固め、その間に穴を掘る。そしてその厳寒の中、尻を出してかがむ。而《しこ》うして果す。のぞきこむと己れの排泄物が冷気に触れてホワッと湯気を立てる。それから見る見る白い粉をふき、瞬間冷凍して行くのが判る。恐る恐る手を出して指で触れると、ニチャともしない。固型化している。コッペパンというか、ロールパン状態である。それをつまんで沢の方へ放《ほう》る。

ある夜、月光の深夜の森で、それらのコッペパンを原住民のキタキツネがひたすらせっせと運んで喰《く》うのを見て、ある種の感動を覚えたものである。

『愚者の旅 わがドラマ放浪』より　抜粋

解説

『愚者の旅 わがドラマ放浪』は、倉本聰が自身の人生を綴《つづ》ったエッセイです。憧れだった映画や演劇のシナリオを書きはじめた頃から、テレビドラマの脚本を手がけて、北海道で富良野塾を立ち上げて自然保護運動にも取り組むことになるまでの旅路を、自らを愚者とたとえて描いています。

倉本は四十二歳のときに富良野へと移住しました。『愚者の旅 わがドラマ放浪』には、東京都出身の人気も実力も備えていた花形脚本家が、活動の拠点を北海道に求めたことから遭遇した、驚きの日常生活も描かれています。

富良野で過ごす日々を通じて、倉本は創作の現場においても東京との違いを感じるようになります。ある時は、一年半もかけて作った作品がゴールデンタイムの放送枠をとれず、ショックを受けます。またある時は、東京のＴＶ局の男から「ＴＶを見る人の大半は東京中心の人間だ。都会の人間が抱く北海道のイメージをそのままドラマにしてくれればいい。そうすればドラマは必ず当る」と言われ「北海道の人間が見て満足してくれる北海道なら俺は書く。北海道に住む者を無視せよというなら俺は書かない！」と憤慨します。

こうした体験ののち一九八〇年に富良野を舞台にした家族ドラマ『北の国から』を書きはじめ、脚本家としての新たな可能性を拓《ひら》いたのでした。

その後の一九八四年春、倉本はシナリオライターや俳優の養成を目的に力を注いだ富良野塾を創設しました。全国から毎年約二十名の若者がオーディションを経て入塾し、街から離れた谷間の地で、二年間共同生活をしながら学んでいました。入塾料や受講料は一切無料で、塾生たちは近くの農家で働いて生活費を得ていました。日常生活は塾生たちが自主的に管理し、日々の暮らしは初期の塾生たちが自力で建てた住居で営《いとな》まれました。稽古場も塾生たちの手で建設され、講義は塾長の倉本がボランティアで行っていました。

富良野市民の多くが富良野塾に賛同し、ＮＰＯ法人「ふらの演劇工房」を設立して、劇場「富良野演劇工場」を市内に建てました。富良野塾は、二〇一〇年三月に閉塾しましたが、現在もその卒業生が劇場を拠点に公演活動を続けています。

また、倉本は富良野の自然を保護する活動についても真剣に考えています。二〇〇五年には、富良野プリンスホテルの閉鎖されたゴルフコースに植樹をするなど、富良野の大地を、かつてあった自然の森に戻そうという自然返還事業に取り組んでいます。

倉本聰

（くらもと　そう）1935～

東京都生まれの脚本家・劇作家・演出家。東京大学卒業。ニッポン放送在籍時に『パパ起きてちょうだい』で脚本家デビューする。1976年『前略おふくろ様』でゴールデン・アロー賞を受賞。1977年に北海道富良野市に移住。富良野を舞台とした『北の国から』を製作した。2005年からは自然返還事業にも力を注ぐ。

『愚者の旅 わがドラマ放浪』
理論社／2002年

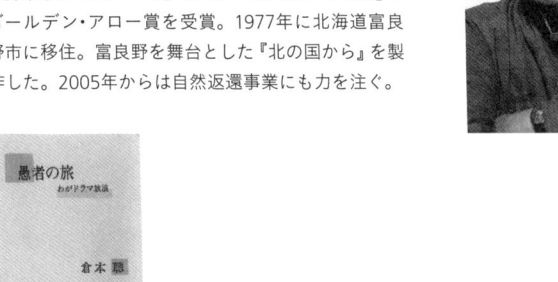

五稜郭残党伝

佐々木譲

昭和四十五年の秋のことである。北海道東部、別海《べっかい》町・床丹《とこたん》の海岸近くで、奇妙な塚が発掘された。

町道脇の排水路の工事作業中、深さ約二メートルの土の中から、二体の人骨が発見されたのである。同町の郷土資料室は、これをアイヌの墓地とみてすぐに工事を中断させ、周辺の発掘調査を行った。しかし調査のあと、地元の郷土史家たちは一様に首をかしげることになった。

不可解なことに、発掘された人骨は二体だけであり、しかも頭蓋骨は見つからなかった。つまり人骨は、首をはねられた者たちのものと推測できるのである。

また位置が、これまでアイヌの墓地としては知られていなかった場所であることも妙であった。古老たちの記憶でも、この海岸にはアイヌ・コタンも、また墓地もなかったはずであった。

一七八九年(寛政一年)の、クナシリ・メナシの乱のときに処刑されたアイヌの墓ではないか、との説も出された。

しかし調査では、この人骨が埋められたのは、百年から百五十年前のことと推定された。クナシリ・メナシの乱よりも、かなり時代が下ってからのこととなる。この説は退《しりぞ》けられた。

そのうえ、砕けた黒いガラス瓶をはじめ、文様の判読できない四個の金属製ボタン、本州製の山刀《やまがたな》、ベルトのバックルと思われる真鍮《しんちゅう》の金具なども、同時に発掘されたのである。百年以上も昔、この地方のアイヌがガラス瓶やベルトのバックルをかんたんに入手できるかどうか、疑問の残るところである。関係者は解釈に窮《きゅう》した。

アイヌのものではなく、和人の墓地なのではないか、とも推測されたが、まだ和人は入植していない時代である。ましてやここが処刑場であったという記録もない。人骨が北海道開拓初期の人柱《ひとばしら》となった囚人のものでもありえなかった。

奇妙な塚だ、という想いが、発掘調査に当たった関係者の胸に残った。解説文のつけようもないまま、発掘品はすべて別海町郷土資料室に保管された。

ところが、それからおよそ二十年後の一九九〇年(平成二年)一月、「北海道新聞」は、つぎのような興味深い話題を掲載した。

「幕末の勇払《ゆうふつ》アイヌに　オランダ製ビール瓶」

このような見出しから始まる記事である。

「苫小牧・弁天貝塚から出土
開陽丸積荷　榎本軍が運ぶ
交流示す初の史料
容器として活用か」

と、見出しは続いていた。

記事によれば、苫小牧市郊外・勇払のアイヌの貝塚で発見されていた黒いガラス片は、榎本軍が北海道に持ちこんだオランダ製ビール瓶のものであると確認されたという。

オランダで建造された開陽丸が日本へ向けて出港する際、ハイネケン社のビール七百五十本を積みこんだ記録がある。この瓶は函館・五稜郭と江差《えさし》沖に沈む開陽丸船内からも発見されており、勇払で発掘された瓶は道内で三番目に見つかったものとなる。

同じ貝塚からは、南北戦争期の米軍将校の軍服用金ボタンも発掘されて話題となっていた。出土したガラス片がハイネケンのビール瓶と確認されたことで、榎本軍と当時のアイヌとの交流、交易の範囲が勇払にまで及んでいたことがわかる、と記事はしめくくられていた。

この記事を読んだ当時の関係者は、とつぜん昭和四十五年の発掘品の細目を思い出した。そうしてふいに思い至ったのである。

埋められていた二体の、それも頭蓋骨のない人骨について説明をつけるには、箱館戦争、または榎本軍との関連で考えねばならないと。同時に発掘された出土品がそれを示していると。もしガラス瓶がハイネケン社のものだとすると、謎は氷解する。というよりは、新しい仮説を組み立てることができるのである。

つまり……。

『五稜郭残党伝』より　抜粋

解説

五稜郭は、箱館開港やロシアの南下政策への防備などを目的に、一八六四年に江戸幕府によって築かれた城で、上から見ると星のような形をしています。一八六八年には、明治新政府によって五稜郭内に箱館裁判所が設置されました。

その後五稜郭は、旧幕府軍と新政府軍が戦う「箱館戦争」の戦場になり、一八六九年の終戦まで、榎《えの》本武揚《もとたけあき》率いる旧幕府軍に占拠されていました。

『五稜郭残党伝』は、その箱館戦争があと二日で終わろうとしていたとき、「降伏はせぬ」との覚悟で五稜郭を脱出した旧幕府軍の二人の兵士を描いた冒険小説です。佐々木譲は、「旧幕府軍が持ち込んだビール瓶のかけらが勇払の貝塚で発見された」という本当にあった話と、「床丹の塚で二体の首なし人骨が見つかった」という架空の話を小説の導入部分にして、この物語を作り上げました。

旧幕府軍の兵士であった名木野《なぎの》勇作と蘇武《そぶ》源次郎は自由を求めて脱走しますが、明治新政府は逃亡兵がロシアやアイヌと結んで新たな戦《いくさ》が起こることを恐れ、執拗な残党狩りを行います。討伐《とうばつ》軍に追われる身となった二人は、石狩、千歳、勇払、下々方《しもけぼう》、釧路、床丹と、蝦夷《えぞ》の各地をさすらうのでした。

二人は石狩でシルンケというアイヌの若者に出会い、共に旅をすることになります。シルンケによって語られたのは、和人に文化を奪われ、奴隷のように扱われているアイヌたちの苦しい生活でした。また勇払では、新政府の厳しい弾圧から逃れようと長崎から移住してきたキリスト教徒たちに出会います。このような出会いを通して新政府への義憤を強めた二人は、アイヌを集めて蜂起し政府軍を破ることを夢見て、国後島《くなしり》を目指しました。
この思いはついに達成されぬまま、彼らは床丹で息絶えるのですが、その意志はヤエコエリカというアイヌと和人の混血の少女へと託されたのでした。

佐々木譲
（ささき　じょう）1950〜

北海道夕張市生まれの小説家。高校卒業後、広告代理店や自動車メーカーに勤める。1979年、会社員時代に執筆した『鉄騎兵、跳んだ』でオール讀物新人賞を受賞。歴史や犯罪をテーマにした作品が多く、数々の文学賞を受賞している。2002年『武揚伝』で新田次郎文学賞、2010年『廃墟に乞う』で直木賞を受賞。

『五稜郭残党伝』
集英社文庫／1994年

流浪の手記

深沢七郎

チンピラというのは若い不良のことで、世間では嫌っているらしい。が、私はこんどそんな人に救われたのだった。救われたというのはちょっと変だが、慰められたり、激励されたりして生きてゆくことをすすめられたのである。それは、はたして救われたことになるだろうか？　と疑問を抱いたりしたが、とにかく私は生きることを続けてただわけもなく歩きまわっていたのだ。

「おじさん、何をしてるんだ？　そんな花ばかりむしって」

と私はチンピラ風の若者に話しかけられた。ここは、北海道で、石狩川が海にそそぐ石狩浜だ。私はさっきからこの浜に咲き乱れている北海道の花——ハマナスの花びらをむしっていたのである。あでやかな、濃い、明るいピンクの大きな花びらは、甘い甘い香りなのだ。

「いや、なんでもないが、ただ、いい匂《にお》いがするから」

と私は言って両ポケットに一杯つめこんだ。海岸では寒くてふるえながら泳いでいる人たちの騒ぎもときどきしか聞こえない。私はここへなにしに来たのだろう？　私はある一人のヒトに会うために来たのだ。その人の名も知らない、住所も知らない。ただ「石狩の人だ」ということしか知らないのだ。私はその人をたずねて、会って、自分の名を知らせて、その人に殺されよう、と来たのだ。

あの忌《いま》わしい事件——私の小説のために起こった殺人事件に私は自分の目を疑った。何もかも私の書いた小説の被害ばかりなのである。諧謔《かいぎゃく》小説を書いたつもりなのだが殺人まで起こったのである。そうして私は隠れて暮すようになった。警察では再び事件の起こらないようにと私の身辺の警戒までしてくれた。それは何が悪いとかどちらが悪いとかいう理由ではなく、不穏の事件が起こらないように、未然に防ぐためなのである。そうして私は都内の某氏の家に身を寄せて、二人の刑事さんと五匹の犬と隠されるように日を送った。これも私は自分の目を疑った。もし私に危険が迫った時は、その警察の方々まで犠牲になるかも知れないのだ。いや、私よりも、もっと危険なのである。これは重大なことで、その方々は私とは違って妻子もある一家の主柱の人なのだ。独身の私と比較したらその方々の生命の方がずっと尊いはずなのである。それに私は事件の原因を作った責任者なのだ。私以外の人はみんな被害者で、殺人を起こした少年も私の小説の被害者だと私は思うのである。

それから私は旅に出た。京都、大阪、尾道、広島。東北は裏日本を通って北海道へ来た。目的も、期間もない旅なので汽車に乗ったり、バスに乗ったりした。靴はすぐ足が痛くなるので下駄で歩いた。北海道はほとんどバスか徒歩だった。函館《はこだて》、札幌、旭川《あさひかわ》、稚内《わっかない》、釧路《くしろ》と歩きつづけた。私はなんのために歩き回ったのだろう？　あてもないようだが無意識のうちに私はある人を求めていたのかも知れない。その人の名も、住所も知らないのに。

北海道に来た時、広い草原を眺めて私は、

「そうだ、ここで」

ときめた。小説が発表されてから私宛《あて》に来た脅迫状は百通に近かったそうである。私の家——私は弟の家に寄宿していたのだが——に配達されたが、私はいないし弟の家族も移ってしまって、私宛の手紙は警察関係の方へ回っていたのだった。ただ、私が知っていることは「北海道からは、ただ一通だけだ」ということだった。これも、かなり後で耳にしたのだし、それも、思い出すように聞いた言葉だった。ただそれだけしか知らないのだ。

札幌に来た時はスズランの花がさかりで街の角では一把《いちわ》十円の束や二十円の束を花売りが売っていた。それからラベンダーの花も花売りの籠《かご》の中で見とれたし、海に近い道ではハマナスの花がどこにも咲いていた。ここは、高山の花のように色がきれいで、朝鮮朝顔などと別名があるツクバネ草――私は好かない花だが――まで美しい色なのである。

「そうだ、ここで、この美しい土地を」

と私は力づけた。その美しい北海道で唯《ただ》一人の脅迫状を書いた人――その人さえ満足すればここは暴力のない所になるのだ。(その人さえ満足すれば)と私は考えたのだった。それ程、私は北海道が好きになったのだ。

旅でも私は警察の方と一緒だった。勿論《もちろん》、私のそんな気持は警察の方々には話さなかった。名も知らない、住所も知らないその人を探して、ただ、私はその人の住んでいる所に行けば、いや、その人の住んでいる方向に向ってさえいればよかったのかも知れない。そうして私は石狩へ来たのだ。石狩では一週間も歩き回った。その人が住んでいる土地だと思うと、私の心はなんとなく離れたくなかったのかも知れない。これは私だけしか知らない気持で、私は死場所を求めているのかも知れない。

「おじさん、その花の実を食べれば狂人《きちがい》になるぞ」

と、そのチンピラのような若者が教えてくれた。気がついたら私はいつのまにかチンピラの人のそばに並んで腰をおろしていたのだった。浜はすぐそこで、丘のような起伏の海岸はハマナスばかりが生《は》えているのだ。このチンピラのような若者——チンピラなどと呼ぶのはいけないから彼と呼ぼう——彼に逢《あ》って私は陽気になった。彼は私に話しているのではなくひとりで言っているらしい。が、私は話相手が欲しくなっていたらしい。

「どこから来たのですか？　あんたは？」

ときいてみた。

「ハコダテからだよ」

と返事をしてくれたので、

「函館はいいところだったなァ」

と私は言った。

「よくないよ」

とツバでも吐くように言うのだ。

「連絡船が着いたり、景色がよかったよ」

と、また私が言うと、

「そうかァ、いいところだったかい、そうだなァ、いいところだな」

と言うのである。彼は自分の住んでいる所だというのに函館の様子を知らないらしい。そのうち、

「ハコダテに帰るかなァ」

と言いだしたので、私は不思議に思った。

「函館から来たのでしょう?」

ときくと首をふって、

「ハコダテはヤバイからな」

と言うのだ。

「函館には自分の家があるのでしょう?」

ときくと、

「うん、あることはあるけど、自分の家なんかへ帰りゃしないよ。俺《おれ》のうちのところは修道院の方で、つまらないよ」

と言うのである。ここで私は修道院という言葉を聞いて有名なトラピストの修道院のことを思いだした。が、あの有名なトラピストの修道院は北海道だときいているが、どこだろうと思ったので、

「有名なトラピストの修道院は、どこにあるのですか？」

ときくと、

「そのトラピストだ。ハコダテにあるんだ」

と言うのである。

「エッ、その修道院ですか」

と私は驚いた。（ハコダテにあったのか）と知ってそんな近くにあるならと、私は急に修道院へ入りたくなった。

「修道院も、オトコの修道院があればいいけどなァ」

と私がブツブツ言うと、

「オトコのだってあるぞ、トラピストは」

と言うのだ。

「そうかァ、オトコの修道院もあるのかァ、それじゃァ、俺もはいろうかなァ、修道院へ」

と私は騒ぎだした。いますぐにでも私は入りたくなったのである。が、彼はニヤッと笑って、

「修道院なんか、ヤバイぞ、とてもつまらないところだぞ」

と言うのである。修道院と言えば、きれいな白い服を着て、胸に十字をきって、お祈りをして、映画のような日を送っていると思うので、

「どうして？　ボクは好きだなァ」

と私は騒ぐように言った。

「どうかな、毎朝二時からたたき起こされて、めしも食わせなくて働かされて、ヤバイところだぞ。そのほかに神様にお祈りをしなければいけないのだぞ。とても、お祈りなんて出来ないよ」

と言うのだ。

「ほんとうですか？」

と念を押した。

「ああ、俺はよく知ってるよ、そのそばでおおきくなったんだ。刑務所よりツライところだ」

と言うのだ。彼は函館のことをよく知っているらしい。

「なーんだ、それじゃアダメだ」

と私はがっかりして、修道院へ入ることは嫌になってしまった。

『深沢七郎選集1』より　抜粋

解説

深沢七郎は、一九六〇年代の一時期、北海道で暮らしていました。一九六〇年十二月号の『中央公論』に掲載された「風流夢譚《ふうりゅうむたん》」という小説をめぐって、ある事件が発生したからでした。

「風流夢譚」は、民衆によって引き起こされた革命のようなものによって皇居が襲撃され、皇族たちが斬首されるといった場面が、寓話のように描かれた作品でした。発表された当時は、六十年安保闘争や浅沼稲次郎暗殺事件の余波が残っている時期でした。賛否両論の中、記述内容に対して右翼から「不敬である」と抗議の声があがりました。

そして翌年二月一日の夜、事件が起こります。記述内容に憤慨した十七歳の大日本愛国党員が、刃物を持って中央公論社社長嶋中鵬二《しまなかほうじ》氏宅へと押し入ります。少年は嶋中社長との面会を求めますが不在だったため、家政婦を殺害して社長夫人に重傷を負わせたのでした。事件を犯した少年は翌日警察に自首して逮捕されますが、「風流夢譚」の発表によって、この「嶋中事件」が起こってしまいました。

二月六日に記者会見を開いた深沢は、東京にいられなくなり、全国各地へと逃亡を続ける放浪生活へと旅立ちます。

靴はすぐ足が痛くなるので下駄を履《は》き、目的も期間も決まっていなかったため、汽車に乗ったりバスに乗ったりしながら続けていく流浪の旅でした。行き先は、京都、大阪、尾道、広島。そして北陸から東北を通って、いつしか北海道へと向かいました。

自分の作品が原因で、思ってもみない事件を引き起こすことになってしまい、深沢は「私は死場所を求めているのかも知れない」と考えながら、流浪の旅を続けます。そして、北海道からの脅迫状が一通だけだったと聞いたことをたよりに、その人さえ満足すれば北海道は暴力のない平和な土地になると考えたのでした。

『流浪の手記』は、この流浪の日々を綴ったエッセイで一九六三年に刊行されました。

深沢七郎は「嶋中事件」ののち、一九六五年に自ら名付けた「ラブミー農場」で農業を始めます。一九七一年には、墨田区の曳舟《ひきふね》駅近くで今川焼屋を開業するなど、作品を発表しつつも執筆以外の暮らし方に力を注ぐようになっていったのでした。

深沢七郎

（ふかざわ　しちろう）1914〜1987

現在の山梨県笛吹市生まれの小説家。1956年に『楢山節考』で中央公論新人賞を受賞。1960年に発表した「風流夢譚」をめぐって、右翼の青年が中央公論社社長宅を襲撃し、家政婦を殺害する「嶋中事件」が起こる。事件後各地を放浪するが、1965年に埼玉県で「ラブミー農場」を開き、以後そこで暮らした。

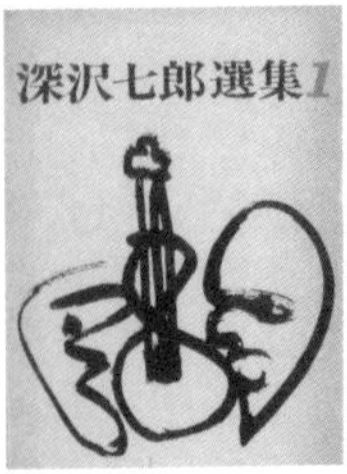

『深沢七郎選集1』
大和書房／1968年

海と港

海の見える町

伊藤整

　私が自分をもう子供でないと感じ出したのは、小樽市の、港を見下す山の中腹にある高等商業学校へ入ってからであった。その学校は、落葉松《からまつ》に蔽《おお》われた山の中腹を切り崩して、かなり広い敷地を取って建てられてあった。校舎は薄い緑色に塗った木造の二階建で、遠く海に面していた。建物の裏手に三つの棟が山の方へ伸びていた。校舎の主屋《おもや》の中央は三階の塔になっていた。その真下の玄関を入った所のホールには、平行した二本の階段があって、それを登ると、更に二階から、三階の塔に登るラセン形の鉄製階段が、半ば装飾の役をして、ハリガネ細工のように取りつけられてあった。数え年十八歳の私には、その校舎がずいぶん立派に見えた。玄関の左右にひろがる主屋から後方の崖下まで延びた三つの棟は、階下が小教室や事務室になっていて、合併教室と呼ばれる大きな教室がそれぞれ棟の二階にあった。校舎全体を薄緑色に塗ってあるのが、しゃれた感じがした。この学校は三年制の専門学校で、各学年が四つのクラスに別れ、それが五十名ずつであったから、一学年が二百人、学校全体で六百人の生徒がいた訳である。生徒は、五年制の中学校や商業学校を終えたもので、その新入生の平均年齢は数え年で十八九歳であった。私はこの港町の中学校を終えたばかりで、数え年十八歳であり、同じ中学校から一緒に入った仲間が七人ほどいた。その同じ町の商業学校から入ったのは、もっと多く、十五人ぐらいはいた。その外は、全国各地から、この北国の専門学校を自分にふさわしいものとして選んで入学して来た青年たちであった。受験者は入学者の四倍ほどあり、大正末年の官立の専門学校としては二流の学校であった。この学校は開設後まだ十年ぐらいにしかなっていなかったが、生徒の気風が素直で、都会ずれしていないためか、就職率は良い方であった。だからここを卒業した青年たちは、安全な勤め人の生活を半ば保証されたようなものであった。

海沿いに長く伸びた小樽市の背後を囲んでいる山の中腹まで、かなり急な坂を二十分ほど登ったところの左手に校門があった。門を入ると、左方の海側には、テニス・コートを前にした二階建の寄宿舎があり、右の山側には生徒控室にも使われる講堂があった。その寄宿舎と講堂の間のゆるい坂をのぼると、右手に二階建の主屋があり、左手は芝生の生えた校庭で、小樽の市街と港の水面がそこから見下された。主屋の正面の真中に、芝生とその下方の港に面して玄関があった。この主屋の向う端から鍵の手に校庭を囲むように左右に突き出ているのが、赤煉瓦二階建の商品陳列館であり、またその陳列館から、もう一つ校庭の端の方に伸びているのが、平家の大きな図書館であった。遠い国から来ている生徒が多いので、寄宿舎は、その門のそばにあるので足りず、もう三棟、これはずっと坂の下の、高台になっている町の家並の中に、教師たちの官舎と並んであった。半ば工業学校的な所のあるこの学校は、その外《ほか》に、石鹸工場を持っていて、それもこの官舎の近くにあった。

学校内にある寄宿舎にいる生徒をのぞけば、半分以上の生徒たちは、毎朝下の町の寄宿舎から、または下宿屋や自宅から、二十分あまりかかる長い坂をのぼって、登校した。彼等はこの坂を地獄坂と言った。坂を登った生徒たちは、校門を入った右手、寄宿舎の向い側にある生徒控室に入り、そこで靴を脱いで草履《ぞうり》かスリッパに取りかえる。その生徒控室の入口には、掲示板がある。生徒たちは、そこから階段廊下を上って、一段高いところにある主屋の横手から教室に入るようになっていた。階段を上って主屋に取りついた所に、売店とか購買組合とか言われる室があって、男女の事務員が居《お》り、そこで教科書、ノート、煙草、雑貨類を買うことが出来る。そこからリノリウムを張りつめた一間幅《いっけん》の廊下を左方に折れてまた右に折れると、この建物の主屋の玄関の、二列の階段のあるホールに出る。売店の所から右方へ折れると、主屋から別れた一番右手の棟の尾の所に達する。そこからまた長い登り坂になった廊下があって、校舎の一番裏側にある別な建物に入る。そこには化学実験室や階段教室などがあり、また、この実業学校で教える工業的な特殊課目に関係する教師たちの研究室がある。

私がこの学校に入るまで学んでいた中学校は、ここから見下ろされる港町の右方の端の谷間にあった。その中学校の、むき出しの板張りの廊下や、そこで週一回位ずつ当る拭き掃除の当番や、意地悪く名指して黒板の前に立たせる数学教師や、牢屋番人のような強制力で私たちに機械体操や撃剣《げきけん》をやらせた教師などのことを考えると、この高等商業学校では、私たちは戸《と》まどいするぐらい寛大に扱われた。

（中略）

入学後間もないある日、生徒控室のそばの掲示板のある所から本屋に上る階段の中途に、学校新聞が張り出されていた。それには大きな見出しに赤インキで印がつけてあり、ある教授の攻撃文がのっていた。私は立ちどまってそれを読んだ。それは、その教授の講義が、どこかの大学の教授の講義と全く同じであり、その教授は、大学生時代に自分の書き取った教師の講義をそのまま喋っているだけである、という意味のものであった。それを読んだ時、私は、この学校にはあの思想を持った生徒が何人もいるにちがいない、と考えた。

私の入る前の年、全国の高等学校や専門学校に軍事教練が行われることになった。その年は、第一次世界戦争が終ってから四年目に当り、世界の大国の間には軍備制限の条約が結ばれていた。世界はもう戦争をする必要がなくなった。やがて軍備は完全に撤廃《てっぱい》される、という評論が新聞や雑誌にしばしば書かれた。軍服を着て歩く将校が失業直前の間の抜けた人間に見えた。そういう時代に、軍隊の量の縮小を質で補う意味と、失業将校の救済とをかねて企《くわだ》てられたこの軍事教練は、強い抵抗に逢った。この企ては、第一次世界戦争の終了とロシア革命の成立によって、自由主義、共産主義、無政府主義、反軍国主義などの新思想に正義を認めていた知識階級や学生の反感を煽《あお》った。いまその一九二一年の歴史を見ると、それは日本共産党が創立された年であり、社会主義の文藝雑誌「種蒔く人」が発刊された年であり、日本労働総同盟が誕生した年である。私の幼年時代からの知人であった小林北一郎という青年は、私がこの学校に入るのと入れちがいにこの学校を卒業して、東京の商科大学へ入った。私の村出身の最も目立った秀才と言われたこの青年は、この年に、中学五年生の私に、ブルジョアとプロレタリアという新しい言葉を教え、この二つの言葉を覚えておかないとこれからの世の中に遅れる、と言った。

そしてその年、即《すなわ》ち私が入学する前の年に軍事教練が実施された時、この高等商業学校の生徒たちは軍事教練への反対運動を起した。それに続いてその運動は各地の高等学校や大学に飛び火し、全国的な運動になった。北国の港町の、この名もない専門学校は、その事件のために存在を知られるようになった。しかし、その軍事教練は、結局実施された。そして私たちも入学早々週に一度、菅大尉という、この学校の事務をしていた五十歳すぎの老大尉にそれを受けた。大きな口髭《くちひげ》を生やし、痩せて顎と頬骨の出張った菅大尉は、その軍事教練の時に、私たちがどんなにダラシなくしても叱ることがなく、君たちが形だけやってくれれば教える方も義務がすむんだという、悟った坊主のような態度で教練をした。私たちは中学校の体操教師の前で感じた緊張感を全く失っていた。私たちは、軍事教練をバカバカしいと思い、のらりくらりと動きながらも、その菅大尉に腹を立てる事がどうしても出来なかった。

私は、その階段廊下の壁に張られた某教授攻撃の学校新聞を読んだとき、すぐにその軍教反対事件を思い出した。この学校には、あの連中がいる。ここではまた何が起るか分らない。そして、自分もまたその騒ぎの中に引き込まれるのではないかという、怖れとも期待とも分らない胸騒ぎを私は感じた。その新聞を読んでから四五日後のことだった。私はまたその階段廊下を上って、本屋の正面の方の教室へ行こうとしてリノリウムの廊下を左へ曲った。すると向うから、髪を伸ばして七三に分けた小柄な生徒が、青白い細面の顔に、落ちついた、少し横柄な表情を浮べ、廊下の真中を、心持ち爪先を開いて、自分を押し出すように歩いて来た。

その時、私はハッとした表情をしたにちがいなかった。小林多喜二という名がすぐ私の頭に浮んだからである。その生徒は、私を知らなかったが、私の表情には気がついたようであった。なぜなら、その時、彼の方は、見知らぬ他人に自分を覚えられている人間のする、あの「オレは小林だが、オレは君を知らないよ」という表情をしたからである。

その時私は、あの新聞で教師攻撃をしているのは小林の仲間にちがいない、と直感的に悟った。それは、その時彼が、攻撃にはいつでも応じてやる覚悟がある、というような、必要以上に強い表情をしているように私が感じたせいであった。しかし、それから後に廊下や教室で逢った時の彼の顔は、いつもそんな表情をしていたから、それはもっと根本的に、その時代の彼の生活意識から発したものであったかも知れない。はじめて廊下で逢った時から小林に気附いたのは、私の方が彼の顔を見知っていたからである。

この、若くして人生に疲れたような青白い顔をした小柄な青年を、私は三年ほど前から毎朝のように見ていた。私よりも一年前にこの学校へ入るまで、彼はこの町の北海道庁立の商業学校の生徒であった。庁立商業学校は、この高等商業学校のすぐ崖下にあった。つまり、この港町は、海から後方の山に向って、何段にも高まっていって居り、山懐《やまふところ》の一番高い所にこの高等商業学校があり、その下に庁立商業学校があり、更にその下に、緑町という細長い高台の町があって、そこには高等商業学校の寄宿舎や教員官舎や裁判所や私立の女学校や私立の商業学校などがある。そしてその細長い緑町を海からさえぎるように、小高い丘があって、その全体が公園になっている。公園の丘を越えると、更に下方には花園《はなぞの》町、稲穂《いなほ》町という賑やかな中心市街があり、その花園町や稲穂町から更に低くなった海沿いの地に、倉庫や汽船会社や銀行や貿易商や漁具問屋のある色内《いろない》町という一画がある。その色内町、花園町、稲穂町などという賑やかな区域を中心として、この港町は海に沿って左右に一里ほどの長さに延びている。日本海に面していながら、海岸線の関係で、殆んど東に向っているその海岸通りの南方の町端《まちはず》れには、私がこの間まで通っていた古い中学校が谷間に隠れるような形で建っていた。そこは、高等商業学校のある高い所から海の方へ下りて行って、花園町から右の方へ折れ、三十分ほど歩いた札幌寄りの町外れの山際である。

私は中学校へ入った始め、同村出身の小林北一郎が母と二人緑町に暮していた家に同居し、その次に姉と自炊生活をしていたが、その中学校の三年生になった時から、隣りの塩谷村の自家から汽車で通学しはじめた。塩谷村は、その中学校と反対側の函館行きの汽車の次の駅になり、この町から二里ほど離れていた。私たちの通学列車は、小樽市から三つ目の余市《よいち》町から出て、蘭島《らんしま》村、塩谷村を通り、小樽市の中央停車場へ着くのである。小樽市の中央停車場は、高等商業学校から坂を下りて、少し左に折れた所にあった。だから、中学生のときの私は、毎朝、その停車場から海と並行した幾つかの町を通り、南方に三十五分ほど歩いて、その中学校に通った。

朝、私が中学校に近づくに従って、その中学校へ登校する生徒の数が増し、かなり広い町通りが中学生で埋まるようになる。毎朝きまって、その頃、小柄な、顔色の蒼《あお》い商業学校の生徒が、肩から斜《ななめ》に下げたズックの鞄を後ろの腰の辺へのせるように、少し前屈《かが》みになり、中学生の群の流れをさかのぼる一匹の魚のように、向うから歩いて来た。毎朝のことなので、私はその少年を見覚え、今日はこの辺で逢うから、あいつは朝寝坊をしたとか、今日は私の方の汽車が遅れたから、こんな所であいつに逢った、と考えるようになった。

そのうちに、私は、その商業学校の生徒が、私たちの中学校の坂の下にある小林というちょっと大きな菓子屋兼パン製造工場から出て来ることに気がついた。あのパン屋の息子だな、と私は考えた。その蒼白い細面の商業学校生徒は、広い街上を一面に群れてやって来る中学生たちの真中をさかのぼって歩きながら、いつも何となくナマイキな顔をしていた。この港町は、商業地なので、後で出来た商業学校の方が受験率が高かった。中学校の受験者が採用人員の三倍ある時、商業学校は三倍半ある、という程度に、少しずつ商業学校の方が難かしいので、商業学校の生徒は中学生よりもイバる傾向があった。あいつはそれで少しナマイキな顔をしているのだ、と私は思った。しかしその少年は、何となく風采《ふうさい》が上らず、貧弱で、いつも疲れたような顔をし、鞄を後ろに背負って、配達夫のようにセッセと歩いた。

『伊藤整全集6』より　抜粋

解説

「海の見える町」は、小樽高等商業学校に伊藤整が入学してからの軌跡《きせき》を綴ったもので、もともとは「雪の来るとき」とともに、独立した二つの短編でした。

伊藤整は、二編に続く場面にあたる「卒業期」を書いた頃から、これらを長編小説にまとめることを計画し、最終的には多くの部分を加筆修正して『若い詩人の肖像』として一つの作品に仕上げました。更科源蔵《さらしなげんぞう》、梶井基次郎など、多くの作家・詩人との出会いや交流なども書かれています。

「海の見える町」では、校舎の描写や隣村から通う通学列車での出来事、上級生の文学青年の集いに対抗意識を燃やしながらも、目立たないように振る舞う自らの心理を細やかに描写しています。通学列車で出会う少女たちへの淡い恋心や性に目覚めていく苦しみ、日本の象徴詩や自由詩に触れて自らも詩を書き始めていく学生時代の心の揺らぎを、文学作品へと結実させたのでした。

小説の舞台、小樽高等商業学校は、戦後に小樽商科大学となり、二〇一一年には開学一〇〇周年を迎えました。伊藤整が学んでいた当時は「文学的な、または社会思想的な一種の激しい雰囲気が、その頃この学校にあった」といいます。

同じ時代に、プロレタリア文学者の小林多喜二も学んでいました。伊藤整は、図書館で彼の姿を確認しては煩《わずら》わしく感じたり、自分が借りた本がすでに彼にも借りられていたことを過剰に意識したりしました。

小説家を目指す小林は小樽の町の発展と港などで働く労働者の姿に眼を向けていましたが、雑誌

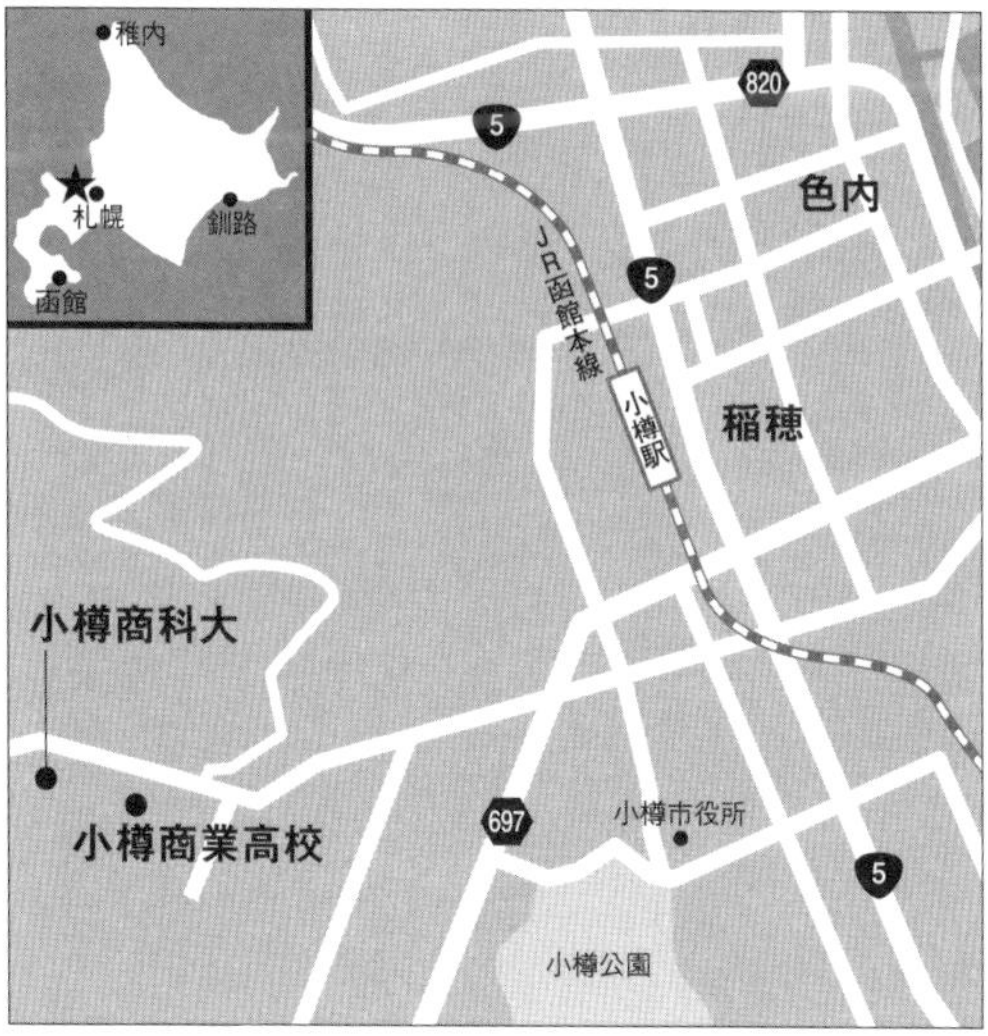

『日本詩人』を愛読し、詩人になることを目指していた伊藤整は、小樽の海や港の光景と、友情・欲望・人生の目標を求めて彷徨《さまよ》う自らの心の深層へと探索の眼を向けていたのでした。

伊藤整

(いとう　せい) 1905～1969

現在の北海道松前郡松前町生まれの小説家・評論家。東京商科大学(現在の一橋大学)中退。1926年詩集『雪明りの路』を発表するも、まもなく小説、評論に転向する。数々の作品を執筆し、『婦人公論』に連載した『女性に関する十二章』、評論『文学と人間』、小説『火の鳥』などはベストセラーとなった。

『伊藤整全集6』
新潮社／1972年

兄弟

なかにし礼

篝火《かがりび》が燃えさかっている。

夜空を焦がし、雪を解かして篝火が燃えている。左は箸別《はしべつ》の岬から右は舎熊《しゃぐま》の突端までおよそ二キロにわたる、ゆったりと丸くえぐられた朱文別《しゅもんべつ》の入江に五十メートルほどの間隔をおいて、数えきれないほどの篝火が立ち並んでいる。三本の柱を組んで作った天辺の台の上に乗った鉄籠の中で薪が勢いよく燃えている。その光の中に一つ二つ鰊《にしん》番屋がぼんやり浮かんで見える。

私はあまりの美しさに息もできなかった。汐《しお》の匂いがする。炎の匂いがする。わけもなく体が火照《ほて》って寒さが感じられない。

「綺麗だろう」

夢見るように兄が言った。

「なんか戦《いくさ》がはじまるみたいだね」

「そうさ。これが男の仕事よ」

と兄は小さく見得を切った。

浜全体がぼっと闇に浮かんでいるようだ。打ち寄せる波は炎を映して、オレンジ色の目玉を無数に持った龍のように、石浜にくらいつき砕け散る。波打ち際だけが黒い石が露出していて、あとは一面の雪だ。雪にも篝火がきらめいて、この世のものとは思えない絢爛《けんらん》たる男の戦場を作り出していた。

華やかだった。が音一つない。しんと、息をつめたように静まり返った景色であった。波の砕ける音しか聞こえない。

「物凄く静かだね」

「ああ、ニシンは音を嫌うんだ。だから大きな音を出すことはご法度だ。みんな歌も歌わずに静かにしているんだ」

「沖にも篝火がある」

「あれは船の舳先で燃やしている舷篝《ふなばた》っていう篝火だ。ああやってニシンが網に入るのをじっと待っているのさ」

遠く沖合でちらちらと揺れている火は数えれば十もあろうか。あの篝火の向こうの、海も空も見分けのつかない漆黒《しっこく》の暗闇をニシンは回遊しているのだろう。そして気が向けばこの朱文別の浜に群をなしてやってくるのだ。

「あの鰊船には長さ六十メートル幅二十メートルの建網がついていて、そこへ海の底にそって仕掛けられている手網《たも》によってニシンを送り込むんだ。太いロープが浮かんでいるのが見えるだろう。それを一ケ統《かとう》というんだ」

兄の話は難しくてよく分らない。とにかく兄は興奮していた。

「武者震いがでちゃうなあ」

と言って本当に体をわなわなと震わせた。

増毛《ましけ》の浜は、北は阿分《あふん》から南は雄冬《おふゆ》までの長い海岸線のめぼしいところを百ケ統以上に仕切られている。その権利を持っているのが何人かの網元で、網元は一日単位でその権利を売ったり自前で勝負したりする。兄はそのうちの朱文別の一ケ統の権利を三日間にわたって買ったのだ。増毛の浜にニシンが来たとしても百分の一の確率。心細い限りだ。果たしてニシンはどこの網に入るのか、まったくニシンに聞いてみなければ分らない。ニシンの大群がどっと押し寄せてくることを群来《くき》といい、一度群来ったら、一日のうちにあっちこっちの網に入ることもあるのだそうだ。しかし隣の網は大漁でも、こちらの網には一尾も入らないなんてことがあるのはしょっちゅうで、残酷なくらい明暗がはっきりしているという。

「群来の時はな、ニシンが白子を撒《ま》き散らすから、明け方の海が乳色というか銀色というか、しろーくなってもくもくと蠢《うごめ》くんだ。海がもりあがるんだ。凄いぞ！」

「見たの？」

「ああ、もう何度も。感動するぞ」

兄は感に堪えない表情を浮かべる。

母が、ふとわれに返ったような冷静な声で言う。

「生き残った親子が四人そろって、こうやって増毛の浜に立っているのを見たら、父さんなんて言うかしら」

姉が応じる。

「そりゃあ怒るわよ。父さん、博打が大嫌いだったもの」

「そんなことないさ。親父だって相当な博打うちだったと思うよ。三十五、六で小樽から満州へ一旗揚げに渡った男なんだから」

「でも父さんは地道に働いて成功したんだわ」

「俺だって成功してみせるさ」

「こんなふうに一攫千金を夢見るなんて、なんだか危なっかしいわ」

妹が厳しいので兄は母に救いを求める。

「母さん、ここまで来たら、もう四の五の言わずに気持よく応援してくれよな」

「応援たってなにもできないけど、とにかくわが家の一大事だもの、神様におすがりするだけさ。ねえ和代」

「ほらっ、あそこに一個、星が見えるじゃない。あの星にお祈りしましょうよ」

姉が空を指さす。

母が子供たちを見まわして言う。

「あの星を父さんだと思ってさ。父さんに、ニシンが来るようにお願いしよう」

四人は砂浜に一列にならび、両手を口に当てて、夜空に一つちらちらとまたたく名も知れぬ星に向かって大きく叫んだ。

「父さあーん！　政之兄さんを勝たせてあげて」

「政之を勝たせてあげて！」

「勝たせてくれ！」

四人の叫び声は木霊《こだま》するものもなく、波の上を這いながら、頼りないほどか細く消えていった。

「ありがとう」

殊勝な顔つきで兄が振り返った。篝火で兄の顔に木洩れ日のような影ができた。兄の目は少し潤んでいたようだ。


「ハイシッ！」

網元の息子は鞭を振り振り馬橇《ばそり》をあやつっている。今夜から三日間、私たちは朱文別にある網元の家に寝泊まりする。網を買ったものはそういう待遇を受けるのだそうだ。

雪の上を橇が走る。鈴が鳴る。私はハルビンで乗ったロシア式の馬橇を思い出す。いま乗っている橇はごつくて田舎臭い。満州の橇はもっと速かったような気がする。鈴ももっと繊細な音色だった。

ニシンの季節だ。増毛港はたくさんの漁船や輸送船が出たり入ったりして、ごったがえしている。それを左に見ながら、由緒正しげな大正時代の建物が立ち並んでいる町並を抜けると、正面に箸別の岬がそびえている。岬は雪をかぶっているが、もうじき春だから雪は薄い。枯れた雑木林が薄墨色にそそけだっている。馬橇が走る道の右手には鰊番屋がぽつりぽつりと建っていて、人々が働いている。左側は海だ。

海では鷗《かもめ》が鳴いている。うっすらと曇った灰色の空を、銀鼠の海をおおうように白い波ぎりぎりに飛び交いながら鳴いているのもあり、砂に突き出た黒い岩の上にたむろして鳴いているのもある。

「鷗が凄いね」と私が言うと、

「鷗じゃないわ。海猫よ。猫みたいな鳴き声じゃないの」姉は高飛車《たかびしゃ》に言う。

「あれはゴメって言うんだ」

網元の息子が振り返って言った。

「ゴメ？　海猫じゃないの」と不服そうな姉。

「増毛では、海猫のことをゴメって言うんだ」

「ほら、やっぱり海猫じゃないの」

姉は低い鼻を反《そ》り返らせて威張る。

網元の息子はつづける。

「増毛という町の名前の由来は、アイヌ語のマシュケという言葉からきてるんだ。鷗の多いところ、という意味なんだと」

「ほら、鷗じゃないか」と私は姉を肘でつつく。姉の鼻がまた低くなる。

「ゴメも鷗の一種だから、二人とも間違ってないよ」と息子が笑う。

網元の息子は三十歳ぐらいの、雪国の男とは思えないほど垢抜《あかぬ》けた笑顔の綺麗な男だ。名前は栄治という。兄とは小樽のビリヤードで知り合ったらしい。兄と彼は「栄ちゃん」「マーちゃん」と呼びあう仲だ。

網の買い取り時間は真夜中の十二時から二十四時間をもって一日とする。

今日の夜の十二時がまわったら、いよいよ兄の網がはじまる。

「マーちゃん、今夜から、俺はあんたのこと旦那って呼ぶんだよ」栄治は言う。

「よせやい。照れくさい」と兄。

「そうするのが決まりなんだ。とにかく、三日間は、マーちゃん、あんたは網を買った旦那なんだから。漁夫たちもみんなそう呼ぶからね」

「へえ、そんなもんかね」

兄はまんざらでもなさそうだった。

「ね、政之」母が言う。「この、今日のような曇り空を鰊曇りって言うんじゃないのかい？」

「残念ながら違うんだな。これはただの曇り空だ。鰊曇りってのはもう少し悩ましいんだ。泣き出す前の女の目みたいにね」

兄は自分の言葉に一瞬酔う。

「じゃあ、今夜はニシンは来ないのかい？　早々と一日が消えてしまうのかい？」

と母は心配気に兄の顔をのぞく。

「どうなんだい？　栄ちゃん」

兄は答えを栄治にまわす。

「そうだなあ、風が違うなあ。海から吹かないとなあ。俺は群来《くき》らないほうに賭けるな」

「なんだよ栄ちゃん、あんたの勧めでこの三日間買ったんだぜ」

「大丈夫だって。この時期、三日もあれば一日は絶対に入るって。俺が保証するよ」

栄治は振り返り、母に向かって片目をつぶった。

「頼りない保証だこと」

母はふーっと息を吐いて肩を落した。

風は確かに陸から海に向かって吹いていた。


鰊番屋の板壁はヤン衆の悪戯《いたずら》書きとか古い映画のポスターで極彩色に汚れている。その一角に稲荷大明神の神棚がある。

青森や岩手秋田新潟あたりから出稼ぎに来たヤン衆も網元に雇われて働くようになると漁夫と呼ばれる。その漁夫たちが寝泊まりする番屋は親方の住まいと土間を挟んでつづいている。そこの広い板の間で、網元の親方は兄を三十人ほどの筒袖《つつぽ》を着た漁夫たちに紹介した。みな赤いフランネルの下着を袖からのぞかせている。これが粋で男っぽい。

夜の十二時がまわって、いよいよ兄が買った網の第一日目がはじまったのだ。兄は漁夫たちを従えて、神棚に大漁を祈願した。

親方の桃山重吉は五十がらみの口髭を生やした色の浅黒い男で、焦茶色の絹の着物に黒の羽織をつけていた。

「私もしっかりお祈りしておいたよ」

と兄の手を握った。

「お願いします。ニシンを入れてください」

兄は拝むように頭をさげた。

「運を天にまかせるしか道はないんだよ。このニシンばかりはね」

「今日は来ますか？」

親方はなにも答えず奥へ入っていったが、漁夫がつぶやいた。

「今日は群来《くき》らねえだろうな」

漁夫たちだって、ニシンが来るか来ないかで稼ぎも違う。だからみなちょっと元気なく仕事についた。

壁に番付がかかげられている。大船頭、船頭、下船頭、手伝い、表係、起船頭、磯船乗り、水夫、岡廻り、炊事、これらの役目の下に名前が書いてある。これが仕事だ。しばらく暇な漁夫たちは蚕《かいこ》棚のような二段式ベッドにもぐりこんで筒袖のまま寝息をたてた。

浜に出た。栄治が私たち全員に、兄夫婦はとっくに借りていたが、陣羽織《じんばおり》のような形の熊の毛皮のオーバーを貸してくれた。毛皮の帽子もある。子供用もある。これを着るとほかほかと暖かい。腐った魚の臭いがしたが、そんなことは平気だ。

篝火が揺れていた。陸からの風に吹かれて一様に炎は海に向かってなびいている。砂浜が海から猛スピードで逃げ去っているようだ。これではニシンだって追いつけない。

「みんな、今夜は寝たほうがいいと思うよ。ニシンが来そうになったら起しに行ってやるからさ、しばらく寝てなよ」

兄がみんなに言った。

「マーちゃん、いや旦那、旦那もあったかい家に入って、うちの親父と一緒に合図《まね》の来るのをゆったりと待っていなよ」

栄治が兄の背中を押すような仕草で言ったが、兄は、

「いや、俺はここで待つ」

と緊張した顔で言って動かない。

「私もここにいる」と兄嫁が言ったが、

「お前も帰って寝ろ！」と兄はつれなく言い放った。

私たちは兄一人を残して、御殿のように立派な網元の母屋に帰り、二階の八畳間で寝た。

誰も起しにはこなかった。目が覚めたら、ほとんど昼だった。

あっけなく、兄の第一日目は終った。

『兄弟』より　抜粋

解説

『兄弟』は、著者本人をモデルとする「弟」の視点から、兄との軋轢《あつれき》、兄に対する複雑な思いなどを描いた自伝的小説です。弟は、絶縁状態にあった兄の死を知って、「死んでくれてありがとう」と思うとともに、破滅へと転落していった兄の人生について考えをめぐらせ、回想します。

敗戦の後、故郷の小樽で一家と再会した兄は、博打や女に溺《おぼ》れ、事業を手がけては失敗を繰り返します。作詞家として成功した弟が、兄の膨大な借金を幾度も肩代わりするという、苦渋に満ちた兄との関係や、絆を感じながらもついには絶縁したその思いが作中で描かれています。

抜粋箇所は、一攫千金を夢見る兄が、留萌《るもい》の南西にある増毛《ましけ》のニシン漁に、一家を連れて行ったときのエピソードです。「海猫《ごめ》が鳴くからニシンが来ると　赤い筒袖《つっぽ》のヤン衆がさわぐ」ではじまる『石狩挽歌』の歌詞は、このときの体験をもとにして書かれました。ニシン漁の栄華を今に伝える小樽貴賓館には、『石狩挽歌』の記念碑と、なかにし礼の直筆による歌碑が建っています。

ニシンの移動とともに漁場が変わっていくニシン漁は、江戸時代には松前・江差方面で栄えていました。明治時代になると小樽・留萌方面で大漁が続き、明治二十年代には「ヤン衆」と呼ばれる出稼ぎ人が集まり、小樽・留萌の港に大きな繁栄をもたらしました。

当初は安定していたニシン漁ですが、明治三十年代ごろから徐々に漁獲高が落ちはじめ、昭和に入ると落ち込みは増し、昭和三十年以降には、ほとんど獲れなくなってしまいました。

現在では、漁獲量を増やすためにニシンの稚魚の放流を行うなどの努力をしています。近年、小樽沿岸では毎年連続で群来が確認されるなど、その成果は少しずつですが上がってきているようです。

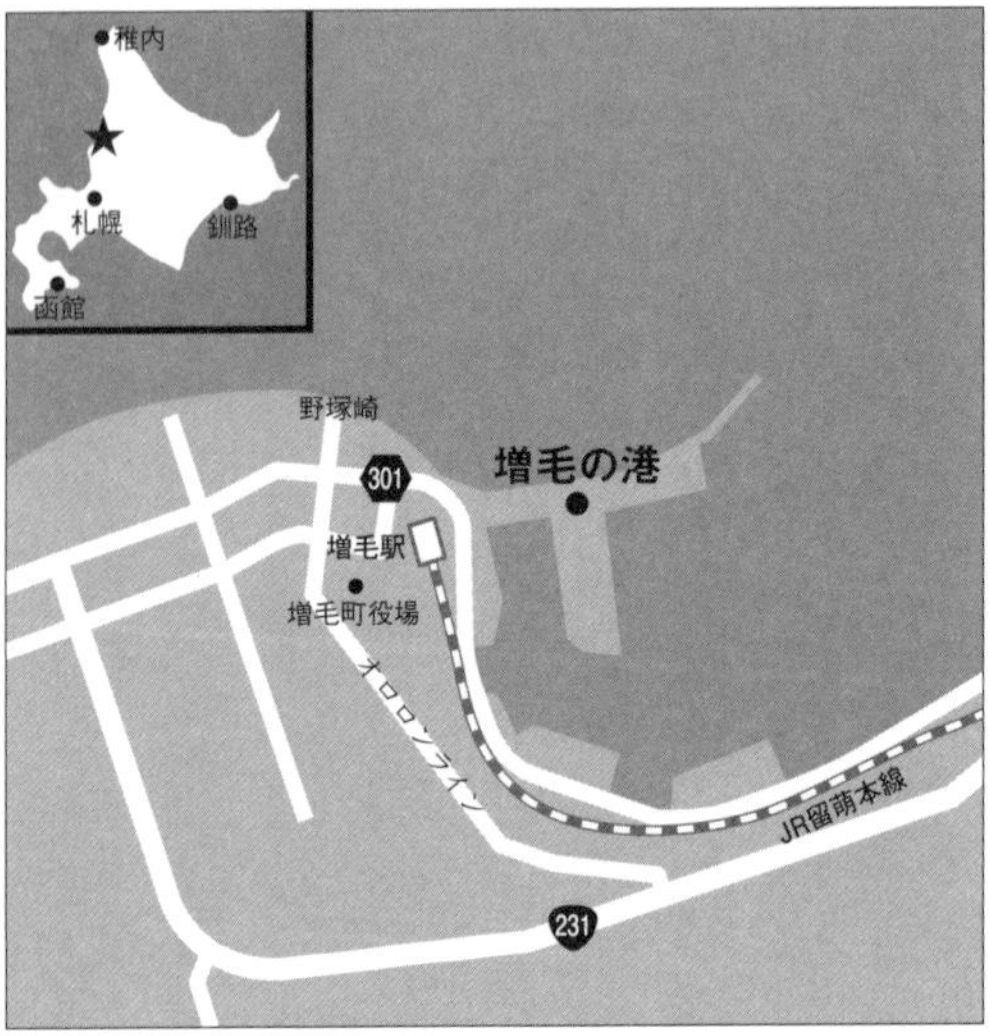

なかにし礼

(なかにし　れい) 1938〜

中国牡丹江市生まれの小説家・作詞家。立教大学卒業。在学中より訳詞、作詞を始める。作品は北島三郎の『まつり』、NEWS『星をめざして』など幅広く、これまでに約4000曲を手掛けている。作家としても多くの作品を執筆し、1998年『兄弟』で直木賞候補、1999年『長崎ぶらぶら節』で直木賞を受賞した。

『兄弟』
文春文庫／2001年

函館八景

亀井勝一郎

連絡船に乗って函館へ近づくと、恵山《えさん》につらなる丘の上に、白堊の塔のある赤い煉瓦《れんが》造りの建物が霞んでみえる。トラピスト女子修道院である。やがて函館山をめぐって湾へ入りかけると、松前の山々につらなる丘の上に、やはり赤煉瓦造の建物と牧場が見える。これは当別《とうべつ》のトラピスト男子修道院である。函館の町を中心にこの二つの修道院をつなぐ半径内が、幼少年時代の私の散歩区域であった。思い出すままに、私は最も美しいと思われた八つの風景を選んでみよう。題して「函館八景」という。これは行きずりの旅人にはわからない、函館に住んでみて、はじめて成程《なるほど》と肯《うなず》れる風景のみである。

一、寒川《さむかわ》の渡《わたし》。——函館山の西端、即ち湾の入口にのぞんだところに、寒川という小部落がある。ここは町の西端ではあるが、全く町から孤立して、置き忘れられているような淋しい部落である。そこへ行くには穴間《あなま》というところを通らねばならぬが、この穴間は高さ五十米《メートル》ほどの海洞窟なのである。奥行はどれほどあるかわからない。海水は深く紺碧に澄んで、魚類の泳いでいるのが上からはっきり眺められる。洞窟の中にはこうもりなども住んでいる。ちょっともの凄い感じのするところだ。波の荒い日など、押し寄せる怒濤《どとう》の渦巻が洞窟深く流れこみ、また白い牙をむいたような泡をたてて吐き出されてくる。洞窟は呻《うめ》くようなすさまじい音を発するのだ。

この洞窟に針がねだけでつくった釣橋《つりばし》が懸《かか》っている。釣橋と云《い》っても橋の体裁《ていさい》はむろんない。上下に併行した二本の太い針がねがわたされているだけで、上の一本につかまって、下の一本を渡るのである。脚下《あしもと》には渦巻く海水があり、頭上には断崖、眼前には深い洞窟が口をひらいている。この渡《わたし》を渡って寒川という部落へ行くのである。函館の町の中に、こんな未開のところが一ヶ所残っているのだからめずらしい。真夏など裸体の男達が、この釣橋を渡っているのをみると、ふと南方のジャングルの土人の中に生活しているような錯覚を起す。私はこの原始の風景を愛した。

二、旧桟橋《さんばし》の落日。——これは連絡船の発着する大桟橋とは別に、湾内の奥深く、町の中心に直接達しうる小さな桟橋の名称である。私の家から坂を下って十分も行くと旧桟橋に着く。私は少年時代、夕暮の散歩には必ずここを選んだ。その頃は外国貿易も盛んだったので、各国の船がいつも二三隻は碇泊《ていはく》していた。私はこの桟橋の手すりにもたれたまま、それら船体の美しい色彩や、国旗や信号旗の色さまざまにひらめくのを、倦《あ》かず眺めたものである。少年の異国への夢をはげしく唆《そそ》ったのも、この桟橋の風景であった。

小さなランチやボートや伝馬船が、絶えず発着して、北海道の奥の港からくる旅人達が乗降する。或は外国人達が賑《にぎや》かにやってくることもある。ロシア革命以前に存在していたロシアの義勇艦隊と、カムチャツカ方面から帰来するロシア船の入ってくるときは、殊《こと》に賑いを呈した。ウォツカをあおったロシアの水兵や漁夫達は、この桟橋へ着くと、手風琴をならしながら輪になって踊ったものである。帽子の先端に赤い布玉をつけたフランスの水兵もみた。濃い顎鬚《あごひげ》を貯《たくわ》えた恐ろしいほど長身のロシア漁夫達が、ソーセージをかじり、ウォツカを飲みながら、腕を組んで歌いながら上陸してきたこともあった。

私はこの桟橋の夕暮をこの上なく愛した。落日の光りが碇泊する船体を鮮かに染め、また桟橋の上に群がる異邦の人々の顔は一層赤く照り輝いて、ちょうどメーキャップして舞台の上にいるようであった。私はいつまでもここに立ち止り、異国から渡来する様々の旅人達を、落日の光りのもとに眺めるのを好んだ。鷗《かもめ》がマストをかすめて低く飛び交うている。時々起る汽笛の音、発動機船のポンポンという音、人々の叫喚《きょうかん》、手風琴、物売りの声、鷗の声、異邦人の体臭、それらがいりまじって、いかにも港町らしい騒然たる有様だが、また一抹《いちまつ》の哀愁といったものが漂っているように感ぜられる。集りやがて別れる旅人達の、肉体がおのずから発散する一種の旅愁でもあろう。

三、立待岬《たちまちみさき》の満月。——これは函館八景の中でも、おそらく第一の絶景であろう。海峡一面が銀色に輝き、遠く下北、津軽の山々も鼠色にくっきりと浮び上ってみえる。下北半島の尖端《せんたん》、大間崎《おおまざき》の燈台が明滅するのもよくわかる。とくに春秋の烏賊《いか》つりの盛んな頃は、無数の釣船が海峡に浮ぶのだが、その一つ一つにともしたカンテラの光りが、波の上に点々として、目にとどくかぎり海峡一面に螢火《ほたるび》が浮んでいるようだ。満月の夜の立待岬は実に美しい。私は経験したことはないが、かかる夜、この岬の上はおそらくランデブーの場所として日本一かもしれない。

四、教会堂の白楊《ポプラ》並木。——私の隣りのローマカソリック教会と、その隣りのハリストス教会の間は、道路になっているが、私は幼年の思い出があるためでもあろうが、山ノ手のこの静かな道が大好きなのだ。教会の塀に沿うて、大きな白楊が立ち並んでいる。二つの塔を左右にみながら、西の方向へ少し歩いてもいいし、また坂道を登ってやや小高いところへ出てもいい。白楊のあいだから港湾全体を一望のもとに眺めおろすことが出来る。塔と白楊並木との調和を、様々な角度から眺めるのが私の楽しみであった。ハリストス協会の西隣りには、私が少年時代に通ったメソジスト派の遺愛幼稚園と日曜学校がある。そこを通るとき、ふと洩《も》れてくるオルガンの音をきくことがあるが、そういうとき一挙に自分の幼年の日が思い出される。住み慣れてしまえば、何でもない平凡な場所かもしれないが、私はやはり八景の一つに数えておきたい。

五、臥牛《がぎゅう》山頂。――函館山は一名《いちめい》臥牛山という。北方正面からみると、ちょうど牛が臥《ふ》せているような形をしているところからこの名称が出来た。臥牛山は高さ三百米ほどで、東海の小島の山であり、函館はつまりその山麓にひろがった町なのである。この山は明治以来ずっと要塞《ようさい》であったので、当然登ることは許されなかった。今度の敗戦で、実に久しぶりで解放されたのである。この山へ登ることは、幼年時代からの私のあこがれであった。終戦後まだ一度も帰省していないので、未だ登る機会はないが、それだけに空想は大きい。今度帰ったら真先に登ってみたいと思っている。

山頂に立てば、津軽海峡はむろん、松前の山々も、恵山《えさん》も、横津岳も駒ヶ岳も、町も港も、つまり北海道の南端全体が一望のもとに眺められる筈である。要塞であったため、自動車道路もひらけ、徒歩では三十分ほどで山頂に達するという。将来この山頂には大きな観光ホテルを建てたらいい。おそらく日本でも有数な名所となろう。スキー場が開設されたことは最近知った。祖母達の若い頃には、三十三ヶ所の観音めぐりなどもあったという。函館の人々は、多分いろいろな計画をたてていると思う。あまり俗化させず、しかし歓楽と厚生の施設を完備させたいものである。臥牛山は今や函館人にとって希望の山となった筈である。

六、ホワイトハウスの緑蔭。——これは私の中学生時代の思い出であるから、現在はどうなっているか知らない。私の中学校はその頃の郊外で、周囲に白楊を植えていたので、白楊ケ丘といった。隣りは時任《ときとう》という牧場で、この牧場をはさんで向方に、メソジスト派のミッションスクールがあった。その校長のアメリカ人の住んでいる建物は、白いペンキで塗られた上品な洋館で、牧場と森の緑をとおしてその白色の館を望むのは、実に美しい異国的な眺めであった。中学生達は、愛称としてホワイトハウスと呼んでいたのである。ついでに言うと、ミッションスクールの女学生達に対する少年のあこがれの象徴でもあったのだ。私達は、何か神秘なものでも望見するように、おそるおそるホワイトハウスを眺めたものである。中学生達は、にやにや笑いながら、意味ありげにホワイトハウスと云った。つまりそれが恋愛のはじまりの合図だったのである。

この辺の風景は、私の少年時代はたしかによかった。時任牧場からミッションスクールを経て、競馬場があったが、その間およそ一里近い間は広々とした草原地帯で、そこには牛や羊が放牧されてある。海岸寄りには砂山があり、砂山を越えて海峡が見わたされた。この砂山の歌は、啄木の歌集にいくつか出てくるので有名である。私は幼少年時代、二三人の友と屡々《しばしば》この辺を歩きまわった。さきに述べた大森浜に沿うて、砂山に至り、砂山を越えて牧場に至り、緑蔭のホワイトハウスをみながら、更に大草原を横断して湯の川の温泉へ行くコース、これは一里半ほどの快適なハイキングコースである。現在は市に編入され、家もたてこんでいるので、昔日《せきじつ》の面影は次第に薄れてしまったのではなかろうか。

七、五稜郭《ごりょうかく》の夏草。——五稜郭は名所としてあまりに有名だ。しかし有名なところほど案外面白くないものだ。お堀を渡ってこの城跡に入るところなど至って平凡なものである。明治維新に築造されたオランダ式の城址《じょうし》だけあって、その形はめずらしいが、古城といった深みは感じられない。しかしこの土堤《どてい》の上を歩きながら、裏側即ち東北方に面している側へ廻ると、わずかながら特殊な情趣を味うことは出来る。夏草の茂る頃、この裏側の土堤に腰をおろして、三森山から横津岳へつらなる山岳、それから湯の川の丘にあるトラピスト女子修道院などを遙かに望むのが好きであった。

人家も田畑も少い。俗に神山《かみやま》と呼んでいる方向へ行く疏林《そりん》の淋しい道、その道にある馬車のわだちの跡など、ただそれだけの、未だ風景以前の風景とでも云ったような原始の情趣を味うことが出来る。北海道には未だ風景になりきらぬ風景というものがある。そういう荒涼とした北海道らしさはこの辺りから始るように思われる。雄大とは云えないが、いかにも未開の寂寞《せきばく》さが感ぜられるのだ。そしてこの思いを一入深めてくれるのは夏草である。「夏草や兵《つわ》ものどもが夢の跡」という芭蕉の句が、北海道で思い出される唯一の場所かもしれない。真夏の照る日、わざわざここへ出かけるのは酔興《すいきょう》ともいえるが、人気のないむんむんする夏草に身を埋めて、寂寥《せきりょう》の風景に一人対するのもいいものである。北海道の大地が、骨髄までしみこんでくるのはかかる時であろう。

八、修道院の馬鈴薯《ばれいしょ》の花。——湯の川の丘の上にある女子修道院の近くへは、幼少の頃から屢々《しばしば》遠足に出かけた。鮫川とよばれる川に沿うて行くゆるやかな道もいいが、丘から丘をつたわって、修道院の直前にひらける稍々《やや》起伏のある高原に遊ぶのも捨て難い趣があった。五稜郭裏側の寂寞《せきばく》たる風景に比べると、ここは高原のせいもあるためか、からりと晴れた明るさがある。ウィーンの郊外を彷彿《ほうふつ》せしむるような瀟洒《しょうしゃ》な風景である。

この高原は昔から野生の鈴蘭畑で有名なところだ。小学生の頃は、誰でもそこへ行って自由に摘《つ》みとることが出来たが、後には地主が入場料をとるようになって、楽しい思いはかなりそがれてしまった。いまはどうなっているか知らない。五月から六月へかけて、私はよく唯一人でこの高原を歩き、鈴蘭の咲き乱れる中に臥《ふ》し、その香りにつつまれながら空高く囀《さえ》ずる雲雀《ひばり》を聞いたものである。またここから望見される津軽海峡の流れの美しさはかくべつであった。立待岬から眺める場合は、太平洋と日本海の双方の流れが横に平行に見えて稍々平板であるが、ここからは日本海方面のみが望見され、太平洋の方は恵山の山々でさえぎられる。したがって海峡の流れを縦から見るような具合になるので、波の密度が濃く、そのため海の青さが一層青く且つ鋭く光っているように感ぜられるのかもしれない。
この辺りは函館市街の中心からすでに二里以上離れている。人家は殆《ほと》んどない。幾つかの疏林と鈴蘭畑と普通の畑だけで、それがなだらかに後方の山へ続いている。鈴蘭の可憐さは云うまでもないが、それにも劣らず私の好きなのは馬鈴薯の白い花である。東京では馬鈴薯の花などに一向気をとめないが、北海道におけるこの花の美しさはかくべつのように思われる。鈴蘭の花は上品で優雅であるが、どことなく箱入娘のごとき弱さがある。女学生に喜ばれそうなセンチメンタルな花だ。しかし馬鈴薯の花には健康な田舎乙女の潑溂《はつらつ》さと清純さが感ぜられる。これはあくまで処女地の花だ。開拓者の逞《たくま》しい意志から生れたロマンチシズムの花である。粗野のようにみえて、決して粗野でない。厚ぼったい花弁には、健康な女の耳たぼのような感じがある。小さな白百合のような床しさもある。女子修道院の農場で激しく働いている若い修道女と馬鈴薯の花はどことなく似ている。馬鈴薯は花をみせるためでなく、球根のために存在するのだが、みせるためでない花の、その隠れた美しさを私は愛する。

『北海道文学全集　第7巻』より

解説

南側に津軽海峡、東側と北側は太平洋に囲まれた函館は、漁業や海運の盛んな町として発展しました。日本三大夜景の一つとされている函館山からの夜景や、重要伝統的建造物群保存地区、トラピスチヌ修道院など観光スポットが点在しています。

函館は函館山の麓《ふもと》に栄えたため、町に多くの坂があります。映画やドラマ、テレビコマーシャルなどに登場する有名な八幡坂《はちまんざか》をはじめ、由来の記されている坂は大小十八を数えます。

「あさり坂」はそんな坂の一つですが、一八七八年に英国人ジョン・ミルンと米国人エドワード・モースらが函館を訪ねたとき、函館に住んでいた英国人ブラキストンと協力して、古代人が食べていたアサリの貝塚を発掘したことから名付けられました。

その坂を登っていくと、亀井勝一郎の文学記念碑があります。

記念碑は、一九六九年にあさり坂と公園通などの交わる三叉路《さんさろ》の緑地帯に建てられました。日高産の石が使われている碑には、「人生　邂逅し　開眼し　瞑目す」という勝一郎の言葉が自筆で刻まれています。記念碑が建っている辺りは、勝一郎が少年のころ海水浴をしようと元町の自宅から立待岬へ向かうときに通った道だったそうです。立待岬は八景の中でも第一の絶景と称賛した場所で、春秋になるとイカ釣り船が放つカンテラの光が美しく、特に満月の夜は「おそらくランデブーの場所として日本一かもしれない」と絶賛しています。また、岬には石川啄木の墓碑があり、『一握の砂』の巻頭の歌である「東海の　小島の磯の　白砂に　われなきぬれて　蟹とたはむる」が刻まれています。

橋がなくなってしまった寒川の渡《わたし》など、いくつかの風景は今日では見ることがかなわなくなってしまいました。

亀井勝一郎

（かめい　かついちろう）1907〜1966

現在の北海道函館市生まれの評論家。東京帝国大学（現在の東京大学）を中退した1928年、治安維持法違反により投獄され、1930年に釈放。同人雑誌『現実』などでプロレタリア文学評論家として活動した後、『日本浪曼派』の創刊に参加。太宰治らと親交を持ち、宗教論や文明論などを中心に多くの著作を残した。

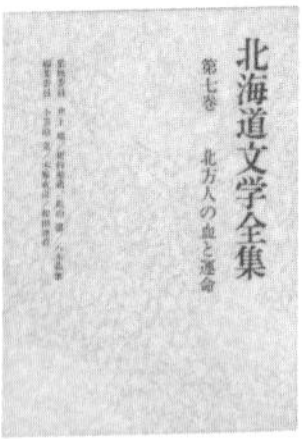

『北海道文学全集　第7巻』
立風書房／1980年

原野

空知川の岸辺

国木田独歩

宿の子のまめまめしきが先に立ちて、明くれば九月二十六日朝の九時、愈々《いよいよ》空知川《そらちがわ》の岸へと出発した。

陰晴《いんせい》定めなき天気、薄き日影洩《も》るるかと思えば忽《たちま》ち峰より林より霧起りて峰をも林をも路をも包んでしまう。山路は思いしより楽にて、余は宿の子と様々の物語しつつ身も心も軽《かる》く歩《あ》ゆんだ。

林は全く黄葉《きば》み、蔦紅葉《つたもみじ》は、真紅《しんく》に染《そま》り、霧起る時は霞を隔《へだて》て花を見るが如く、日光直射する時は露を帯びたる葉毎《はごと》に幾千万の真珠碧玉《へきぎょく》を連らねて全山燃《もゆ》るかと思われた。宿の子は空知川沿岸に於ける熊の話を為《な》し、続いて彼が子供心に聞き集めたる熊物語の幾種かを熱心に語った。坂を下りて熊笹の繁《しげ》る所に来ると彼は一寸《ちょっと》立どまり、「聞えるだろう、川の音が」と耳を傾けた、「ソラ……聞えるだろう、あれが空知川、もう直ぐ其処《そこ》だ。」

「見えそうなものだな。」

「如何《どう》して見えるものか、森の中に流れて居るのだ。」

二人は、頭を没する熊笹の間を僅に通う帯ほどの径《こみち》を暫《しばら》く行《ゆく》と、一人の老人の百姓らしきに出遇《であ》ったので、余は道庁の出張員が居る小屋を訊ねた。

「此径《このみち》を三丁ばかり行くと幅の広い新開の道路に出る、其右側の最初の小屋に居なさるだ。」

と言い捨てて老人は去《い》って了った。

歌志内を出発《たっ》てから此処までの間に人に出遇ったのは此老人ばかりで、途中又小屋らしき物を見なかったのである、余は此老人を見て空知川の沿岸に既に多少《いくら》かの開墾者の入込んで居ることを事実の上に知った。

熊笹の径を通りぬけると果して、思いがけない大道が深林を穿《うが》って一直線に作られてある。其幅は五間以上もあろうか。然《しか》も両側に密茂して居る林は、二丈を越え三丈に達する大木が多いのだ、此幅広き大道も、堀割を通ずる鉄道線路のようであった。然し余は此道路を見て拓殖に熱心なる道庁の経営の、如何に困難多きかを知ったのである。

見れば此道路の最初の右側に、内地では見ることの出来ない異様なる掘立《ほったて》小屋がある。小屋の左右及び背後《うしろ》は林を倒して、二三段歩の平地が開かれて居る。余は首尾よく此小屋で道庁の属官、井田某及び他の一人に会うことが出来た。

殖民課長の丁寧なる紹介は、彼等をして十分に親切に余が相談相手とならしめたのである。更に驚くべきは、彼等が余の名を聞いて、早く既に余を知って居たことで、余の蕪雑《ぶざつ》なる文章も、何時《いつ》しか北海道の思いもかけぬ地に其読者を得て居たことであった。

二人は余の目的を聞き終りて後、空知川沿岸の地図を披《ひら》き其経験多き鑑識を以て、彼処比処《かしこ》、移民者の為めに区劃《くかく》せる一区一万五千坪の地の中から六ケ所ほど撰定して呉《く》れた。

事務は終り雑談に移った。

小屋は三間に四間を出でず、屋根も周囲《まわり》の壁も大木の皮を幅広く剥《は》ぎて組合したもので、板を用いしは床のみ、床には莚《むしろ》を敷き、出入の口はこれ又樹皮を組みて戸となしたるが一枚被《おお》われているばかりこれ開墾者の巣なり家なり、いな城廓なり。一隅に長方形の大きな炉が切って、これを火鉢に竈《かまど》に、煙草盆に、冬ならば煖炉《だんろ》に使用するのである。

「冬になったら堪《たま》らんでしょうねこんな小屋に居ては。」

「だって開墾者は皆《みん》なこんな小屋に住《すん》で居るのですよ。どうです辛棒《しんぼう》が出来ますか。」と井田は笑いながら言った。

「覚悟は為《し》ていますが、イザとなったら随分困るでしょう。」

「然し思った程でもないものです。若し冬になって如何《どう》しても辛棒が出来そうもなかったら、貴所方《がた》のことだから札幌へ逃げて来れば可いですよ。どうせ冬籠《ふゆごもり》は何処でしても同じことだから。」

「ハッハッハッハッハッハッハッ其《それ》なら初めから小作人任《まかせ》にして御自分は札幌に居る方が可《よ》かろう。」

と他の属官が言った。

「そうですとも、そうですとも冬になって札幌に逃げて行くほどなら寧《いっ》そ初めから東京に居て開墾した方が可いんです。何に僕は辛棒しますよ。」と余は覚悟を見せた。井田は、

「そうですな、先ず雪でも降って来たら、此炉にドンドン焼火《たきび》をするんですな、薪木《たきぎ》ならお手のものだから。それで貴所方だからウンと書籍《しょもつ》を仕込《しこん》で置いて勉強なさるんですな。」

「雪が解ける時分には大学者になって現われるという趣向ですか。」と余は思わず笑った。

談《はな》して居ると、突然パラパラと音がして来たので余は外に出て見ると、日は薄く光り、雲

は静に流れ、寂たる深林を越えて時雨《しぐれ》が過ぎゆくのであった。

余は宿の子を残して、一人此辺《あたり》を散歩すべく小屋を出た。

げに怪しき道路よ。これ千年の深林を滅《めっ》し、人力を以て自然に打克《かた》んが為めに、殊更に無《ぶ》人《じん》の境《さかい》を撰《えら》んで作られたのである。見渡すかぎり、両側の森林これを覆うのみにて、一個の人影《じんえい》すらなく、一縷《る》の軽煙すら起らず、一の人語《じんご》すら聞えず、寂々寥々《せきせきりょうりょう》として横《よこた》わって居る。

余は時雨の音の淋しさを知って居る、然《しか》し未だ曾《かつ》て、原始の大深林を忍びやかに過ぎゆく時雨ほど淋びしさを感じたことはない。これ実に自然の幽寂なる私語《ささやき》である。深林の底に居て、此音を聞く者、何人か生物を冷笑する自然の無限の威力を感ぜざらん。怒濤《どとう》、暴風、疾《しっ》雷《らい》、閃雷《せんらい》は自然の虚喝《きょかつ》である。彼の威力の最も人に迫るのは、彼の最も静かなる時である。高遠なる蒼天の、何の声もなく唯だ黙して下界を視下《みおろ》す時、曾《かつ》て人跡を許さざりし深林の奥深き処、一片の木の葉の朽ちて風なきに落つる時、自然は欠伸《あくび》して曰く「ああ我一日も暮れんとす」と、而《しこう》して人間の一千年は此刹那《せつな》に飛びゆくのである。

余は両側の林を覗きつつ行くと、左側で林のやや薄くなって居る処を見出した。下草《しもぐさ》を分けて進み、ふと顧《かえり》みると、此身は何時しか深林の底に居たのである。とある大木の朽ちて倒れたるに腰をかけた。

林が暗くなったかと思うと、高い枝の上を時雨がサラサラと降って来た。来たかと思うと間もなく止んで森《しん》として林は静まりかえった。

余は暫くジッとして林の奥の暗くなって居る処を見て居た。

社会が何処にある、人間の誇り顔に伝唱する「歴史」が何処にある。此場所に於て、此時に於て、人はただ「生存」其者の、自然の一呼吸の中に托されておることを感ずるばかりである。露国の詩人は曾て森林中に坐して、死の影の我に迫まるを覚えたと言ったが、実にそうである。又た曰く「人類の最後の一人が此の地球上より消滅する時、木の葉の一片も其為にそよがざるなり」と。

死の如く静なる、冷やかなる、暗き、深き森林の中に坐して、此の如きの威迫《いはく》を受けないものは誰も無かろう。余我を忘れて恐ろしき空想に沈んで居ると、

「旦那！　旦那！」と呼ぶ声が森の外《そと》でした。急いで出て見ると宿の子が立って居る。

「最早《もう》御用が済んだら帰りましょう。」

其処で二人は一先《ひとま》ず小屋に帰ると、井田は、

「どうです今夜は試験のために一晩此処に泊って御覧になっては。」

余は遂に再び北海道の地を踏まないで今日に到った。たとい一家の事情は余の開墾の目的を中止せしめたにせよ、余は今も尚《な》お空知川の沿岸を思うと、あの冷厳なる自然が、余を引きつけるように感ずるのである。

何故だろう。

『空知川の岸辺』より　抜粋

解説

砂川市空知太《そらちぶと》の滝川公園には、国木田独歩がこの地に来たことを記念する碑が建っています。一九五〇年に建立されたその文学碑には「空知川の岸辺」という独歩作品の題名が刻まれています。

北海道に開拓使が置かれたのは一八六九年のことです。その後、榎本武揚などにより空知川周辺も調査が行われ、炭層が発見されました。一八九〇年に空知炭鉱が開坑し、一八九二年には空知太まで炭鉱鉄道が開通します。

独歩は一八九五年九月に、空知川の岸辺を訪ねます。開通したばかりの炭鉱鉄道で空知太駅へと向かい、この駅から空知川を目指そうとしたのです。

独歩が空知川へと向かった理由は、一人の女性にありました。その年の六月、日清戦争の従軍記者を招いた晩餐会で、独歩は十七歳の少女と運命的な出会いをしていたのです。

佐々城《ささき》信子というその少女は、有島武郎《ありしまたけお》の小説『或る女』のヒロイン葉子のモデルで「新宿中村屋」の主人・相馬黒光の従姉妹にあたります。独歩はその少女と、北海道の新天地で新生活を実現しようと考えます。そのころ北海道庁が開拓促進を目的に原野を貸し下げることを知った独歩は、内村鑑三から紹介された札幌農学校教授・新渡戸稲造《にとべいなぞう》らの協力を得て、空知川沿岸の原野を二人の移住地に決めたのでした。

帰京後、独歩は周囲の反対を押し切り佐々城信子と結婚します。しかし貧しい生活に耐えきれなかった信子はわずか五ヶ月で独歩のもとから失踪《しっそう》し、二人は一八九六年に離婚したのでした。

北海道で佐々城信子と暮らすことに思いを馳せ、

大自然の原野に新生活を求めた国木田独歩の夢は、こうして、何も果たされることなく挫折してしまったのでした。

北海道に滞在したのはわずか十二日間でしたが、大自然と接する中で得た自然への憧れや濃密な時間は、『空知川の岸辺』という文学作品を誕生させました。「空知川の沿岸を思うと、あの冷厳なる自然が、余を引きつけるように感ずるのである」という一文は、北海道での経験が『武蔵野』をはじめとする国木田自然主義文学の土台となったことを教えてくれています。

国木田独歩

(くにきだ　どっぽ) 1871～1908

千葉県銚子市生まれの小説家、詩人。東京専門学校(現在の早稲田大学)中退。在学中は「青年思海」などの雑誌に寄稿し、日清戦争では記者として従軍。1897年、新聞や雑誌に発表した詩を『独歩吟』としてまとめる。同年、処女小説『源叔父』を発表。続く『独歩集』などで日本の自然主義文学の先駆と目される。

『空知川の岸辺』
新潮文庫／1950年

ウッシーとの日々

はた万次郎

『ウッシーとの日々 1』より　

第18話　春の速度 の巻

ひさしぶりに
わが家に
帰ってきた。
やあ
元気だった
かい？
さびしかった
ろう？
ニャー
だだだだ
どん!!
キャッ

フリフリ
なにすんのよ？
ヨオ
元気だったか？
どん!!
キャ
メシはちゃんとくってたか？
カゼはひかなかったか？
キャーッ
ガツン
ガツン
ドキッ
やあひさしぶり!!
歯はちゃんとみがいてたか!?
ドドン
ドン
ドン
……
うるさいのが帰ってきたニャーー
ワンワン
ん…
ブラーン
イイズナだ。ネコにつかまったな…。

イイズナ
イタチの仲間で
大きさは人間の
大人の手の平ぐらい。
肉食でネズミや
ウサギを襲って食べ
るといわれている。
夏と冬では
毛の色が違う。
オコジョに
似ているが
オコジョは
尾の先が黒い。
夏
冬
これは
冬毛から
夏毛に
かわる
途中だったん
だな……
この町も
やっと春か……
珍しいから
冷凍しておこう!!
ヒャ〜
ガラガラ
はたさーん
公区費の
集金と……
それから……
注 公区費というのは町内会費みたいなものである。
ピョンピョン
これ……
ん……?
プラモデルか……?
ガサ
サンルダム
下川町に
湖が生まれるよ!
この町には
将来ダムが建設される
予定なのだが
その完成予想図を
ジグソーパズルに
したものが
町の全世帯に
配られたのだった。
こんな
もんを
もらう
ために
オレは
税金を払って
いるのか!!

庭に残っていた雪の固まりが日に日に小さくなって消え失せ……
かわりにクロッカスの花の芽があちこちから姿を露《あら》わしてきた。
そーしたらいよいよ山菜の季節なのだ!!

雪が消え まっ先に出てくる 山菜は ギョウジャニンニク である。
来年も 出てくるように 根は 残しておく。
ブチ
貧弱で 茎の細いものも 残しておく。 目につくもの すべてを採っていたら キリがないからだ。
それにしても 腐るほど 生えてるな……
大漁じゃーっ!!
採ってきたものは そのままでも 食えるが
できれば 熱湯に 通してから 食べたい……
ぐらぐら
エキノコックスという 寄生虫の卵が 付いている 可能性が あるから である。
……
キツネのフンなどに エキノコックスの卵が いることがある。
あるときは ラーメンに……
ズーッ
ある時は ゴハンの オカズに……
また ある時には 炒めものにと その利用方法は 幅が広い。 ただし…… ニラのような 臭いが キツイ。
ジュジュー
おいしいよ
去年は 食べたい時に 食べたいだけ 採ってきて 食べるという 刹那《せつな》的な 山菜採り だったが……
今年は 一年中 食えるように しょう油に 漬けるのだ。
そして 東京にいる 友人に少し 送ってやろう。 その友人は今無職で アパートでゴロゴロしてるので いくら食って臭くなっても いいのだ。
ゴロ ゴロ

フーッ
ガー
家のすぐ近くにこんなに山菜があるのになぁ……
理由のひとつは仕事が忙しくて山菜採りに行ってるヒマがないこと……田舎は季節や天候に影響される職業が多いのだ。
北海道の牧場でのんびり働きたいだって？
のんびりしてたら夏が終わっちまうべさ!!
お
ギョウジャニンニク
もったいないなぁ……
フー
ガーン
なんじゃ!? こんな少しで三百円もすんのか!?
田舎にきて不思議だったのは身近な所に山菜が山ほどあるのに採りにいく人がきわめて少ないことだった。
さらに別の理由として採るより買ったほうが楽ということが考えられる。
スーパー ○○○
するってーと…ウチで採ったのは
軽く見積もって百万円分だな…

北国の春から夏への速度は速い。
ぼんやりしていると多くの変化を見過ごしてしまう。
あっ!!
もうクロッカスの花が散ってしまった!!
今…ウチの庭の主役は黄色い水仙の花である。

解説

『ウッシーとの日々』は、東京で生活していた漫画家のはた万次郎が、三十歳を転機に生まれ育った北海道へとUターンし、道北の上川郡で暮らす日々を描いたエッセイ漫画です。

はたは、連載の仕事が終了して時間的な余裕ができ、開放感を味わう旅を続けるうちに、「東京にいなければならない理由はない」と、一九九二年、北海道への移住を計画。移住先を探す中どんどん北上すると、名前も聞いたことのない下川町《しもかわ》という田舎町を見つけ、町外《はず》れにある空き家を三千五百円という格安の家賃で借りることにします。そして、北海道暮らしのパートナーとなる子犬と出会います。牛のようなブチ模様の子犬はウッシーと名付けられ、『ウッシーとの日々』が始まったのでした。

はたは下川町の地で、漫画の締め切り日をギリギリで守りながら、近所の友人達、そして愛犬ウッシーと遊び、食費を浮かすための魚釣り、冬前は薪の用意をし、夏は草刈りに家の補修などをしながら暮らします。北海道の広々とした大地で、釣りにスキーに山歩きを楽しむ、人と犬との自由で過酷で幸せな日常が『ウッシーとの日々』には描かれています。

はたの家は、下川町の町外れにある大きな一軒家でした。北海道の中でもこの辺りは寒暖の差が大きく、夏は摂氏三十度を超え、冬になるとマイナス三十度近くまで下がることがあります。古い家屋《かおく》で立て付けが悪く屋根も崩れかけており、冬場になると室内に雪が入り、氷点下になることも珍しくありません。人も動物も土足で上がる仕事部屋の薪ストーブの周りには、ウッシーも、東京からつれてきた猫も集まります。

下川町は、北海道の北部に位置し、名寄川《なよろがわ》流域の肥沃《ひよく》な大地と豊かな森林資源に恵まれた地域で、町の総面積の約九割を森林が占めています。かつて人口は一万五千人を超えていましたが、はたが移住する直前の一九九〇年には五千人ほどになり、その後も減少し続けています。

本誌九五ページの最後のコマで、はたが投げつけているジグソーパズルは、はたが釣りに足を伸ばすこともあるサンル川に作られる予定のサンルダム完成予想図です。一九九七年の時点で『ウッシーとの日々』の中でも数度、このサンルダム建設事業をテーマに取り上げていますが、反対運動などもあり、二〇一三年現在も完成していません。はたとウッシーの北海道での生活は、エッセイ『北海道田舎移住日記』、漫画『北海道青空日記』でも楽しむことができます。

はた万次郎

(はた　まんじろう) 1962〜

北海道釧路市生まれの漫画家。日本電信電話公社(現在のNTT)に勤務しながら漫画家を目指す。1985年、プロの漫画家としてデビュー。1992年に北海道上川郡に移住し、愛犬ウッシーとの田舎暮らしの日々を綴った漫画『ウッシーとの日々』を集英社の『ビジネスジャンプ』に連載し話題となる。

『ウッシーとの日々 1』
集英社文庫／2003年

熊牛原野

更科源蔵

原野というものは、なんの変化もない至極《しご》く平凡な風景である。

熊牛《くまうし》原野もそうであった。春になれば枯草の間から青草が萌え、夏は深い緑の上に陽が輝いたり、雨に濡れたり、風にそよいだり、秋になるとあたりがぜんぶ狐《きつね》色にさび、そして間もなく雪や吹雪があたりを閉じこめてしまう。私はそんな原野の片隅で生れ、そこで育った。

しかし、よく見ると、原野にもいろいろな陰影の動きがないでもなかった。私の家の裏には小川があり、その流れを境にして、南の方はまぶしく開けている細長い原野がつづき、北は暗い密林にふさがっていた。東にも西にも低い山並がつづいていて、一日は東の山の端に出る太陽にはじまり、それが大川向いの低い山並に沈むまで、毎日おなじような生活が繰返されたが、冬になると、太陽がしだいに南に遠のいて山をはずれ、白く凍った原野の端から現われて、すぐまた原野の西の端に凍りつくように沈んでいった。

　私が物心ついたころには、父たちが開いて十年になるという耕地も、まだわずかに原野の一部のような状態で、ところどころ湿地が残っていて、ぎしぎしや野生の牛蒡《ごぼう》などの生えているところがあって、あらあらしい様相を呈していた。

　私はこの小川を境にして分かれている原野と密林とは、まったくちがった国のように感じていた。南の方に明るく開けている原野は少し荒々しくはあるが、いつもそちらに心を引かれていた。それは日蔭の植物が光を求めて太陽の方に伸びるように、南にある太陽の明るさへのあこがれであったようだ。夏は朝霧をふくんだ牧草の穂波やジャガイモの花が、白々と朝靄のようにひろがっていた。暑い夏の日に畑で働く兄や姉たちは、そこは苦しい労働の場なのだが、私の子供の日の原野は、明るい花莚《はなむしろ》のような思い出に満ちていた。

　友人というもののいない私は、毎日原野の中の小高い丘で、花や昆虫にわけのわからないことをはなしかけていた。そこは白樺の木が二本立っていて、夏にも涼しい影をつくっていた。むかし、山奥の硫黄山から硫黄を馬の背で運んだとき、そこが荷物の継立所かなにかであったらしく硫黄がたくさんこぼれていて、そのため他の雑草がほとんど生えず、きばなのへびいちごの花と杉苔《すぎごけ》とが、金の毛氈《もうせん》を敷きつめたように咲いていた。私はその毛氈の上にころがって、流れる雲にはなしかけたり、木の葉を動かす風にも歌いかけたりした。

冬は月の光がこうこうとうす暗い銀盤の舞台をつくり、狐だの野兎《のうさぎ》だの、それから森の奥から木鼠《きねずみ》たちまでがでてきて、そこで不思議な舞台劇をやっているようだった。ほんとうに、兎や木鼠がいろいろな踊りをするのだと信じていた。

それにひきかえ、小川の上にのしかかるように葉を覆《おお》いかぶらせている北の密林は、いつもおそろしい強迫がましい圧力があって、私を近よらせようとはさせなかった。そこには野兎も木鼠もいたが、それは無法者の熊と同類の意地悪の連中だときめ込んでいた。時々、枯枝をふみ折って重い野獣の通る音が、幼い心をおびやかしていたからであろう。そこは、めったに人間の足跡など印されない世界で、途方もない大きな叫びをあげる縞梟《しまふくろう》だとか、地の底から手を出して呼んでいるようなとらつぐみだとか、地獄の使いのように真黒いくまげら、曇天や雨を呼ぶというやまげら、いやもっとわけのわからないおそろしいものたちがたくさんかくれている、暗く冷たく不気味なものの棲《す》んでいる国だった。

夜などこわごわのぞいてみると、狼《おおかみ》の目のように光る星が、ぞっと私の首スジに冷たいものをあてた。私が子供のころひどく臆病だったのは、いつもこの暗い密林におびやかされていたからのようである。夏になって、林の奥に白花延齢草《しろばなえんれいそう》の実が甘く熟して私を誘惑しても、私はうっかりそれに手をのばそうとしなかったし、秋になってこくわ〈しらくちづる〉の緑色の革袋に甘い露がいっぱいつまっても、決して一人ではそれにも近寄らなかった。父や姉にせがんで連れていってもらった。秋の林の中は冷たい炎のように明るく、人真似の上手なかけすやこがらなどがくるくる枝をまわって明るい歌をうたってくれても、私の警戒はやはりとけなかった。こくわや山葡萄のおいしくなる頃には、山の無法者の熊も、子供にまけないほどそれをねらってやってくるからである。

　太陽の出てくる東の山かげや、釧路川の川向いにつながっている山のむこうは、とてもとても遠い未知の国だった。兎《と》に角《かく》、私の子供の頃は、おそろしく暗い森と、明るくたのしい原野との境に住む、一匹の野兎の仔《こ》のような毎日だった。そしてそれはあまり人を見ることのない奥地の、とてもひどい生活だということを知ったのは、他にも色々な人間の生活があることを知ってからであって、その頃はそうした毎日が人間のすべてであると思っていたから、何の不安も、不満もなかった。ここで私は青年になるまで、他の世の中のことを全然知

らずに過ごした。それは私の幸福であったか不幸であったかということは、今になっても
はっきりとしない。然《しか》し山奥で生きるということは、不幸だと思ったことは一度もなかった。
父がいれば、母がいれば、その他の欲望はあまり痛みとは感じられなかった。

私はここで色々な人に出会い、色々な人生を経験した。私のそれらは決して恵まれ豊かな
ものではなく、むしろ最低の生き方であったと思う。そしてこれはもう北海道になくなった
過去のものではなく、現在もなお奥地には、まだ熊牛原野がいくつも存在している。

『更科源蔵詩集』より　抜粋

解説

一九九四年、熊牛原野に「更科源蔵先生　生誕之碑」と彫られた石碑が建立されました。この場所は、更科源蔵の父らが一八九〇年に初めて農家として入植した土地で、源蔵が生まれた土地でもあります。「原野の詩人」と称される源蔵は、一九八五年に札幌の病院で亡くなる直前まで、この熊牛原野を題材・主題とする執筆活動をしていました。

熊牛原野は明治期に硫黄鉱山として発展し、民間鉄道まで敷かれたものの、源蔵が生まれる頃には鉱山は廃止され、鉄道は北海道に売られるなど過疎化が進んでいました。当時、源蔵の家の周りには数件しか家が残っておらず、「友人というもののいない」幼少期を過ごしたと振り返っています。

一九〇四年に開拓農民の子として生まれた源蔵は、一九二二年、東京の麻布獣医畜産学校（現在の麻布大学）へと進学します。その年の夏休みに帰郷して姉の墓を訪ねたとき、はじめて詩を書きました。源蔵は、そのときの思いを「墓の前を通ると、強い秋の斜陽を受けて、百日草の花が真赤に咲いていた。その燃えるような花のあざやかさに打たれた私は、これを何とか文章に表現してみたいと思ったのが、私に詩というものを書かした最初である」と記しています。生まれて間もなく亡くなった二人の姉と、開拓地で生きていく厳しさを思い、原野と開拓民を描く詩を書くようになったのでした。

一九二三年に病で学校を中退した源蔵は、北海道へ帰郷して静養しますが、詩作への意欲は衰えません。翌年には東京に住む詩人の尾崎喜八《おざききはち》を訪ね、翌々年には尾崎の選で、詩誌『抒情詩』に詩が入選します。

このとき同時に入選した金井新作・真壁仁《まかべじん》・伊藤整らとは、後年にも交流が続き、伊藤整の『若い詩人の肖像』には、二人がはじめて出会うシーンが描かれています。

その後、源蔵は詩誌の編集や刊行を続けて、開拓農民とアイヌの現実をまとめた詩集『種薯《たねいも》』を刊行したころ、アイヌの古老からアイヌ文化を学びます。教えられたアイヌ文化の研究や郷土史の執筆なども行い、一九六七年には北海道文学館の理事長となり、北海学園大学ではアイヌ文学講座の教授になりました。

「熊牛原野」は一九六五年に札幌の「広報」という出版社から刊行されました。晩年には〝原野シリーズ〟5タイトルを書き、故郷の熊牛原野にこだわり続けました。

更科源蔵

（さらしな　げんぞう）1904～1985

現在の北海道川上郡弟子屈町生まれの詩人・アイヌ文化研究家。麻布獣医畜産学校（現在の麻布大学）を病気のため退学し、帰郷し詩作にはげむ。1930年に詩誌『北緯五十度』を創刊し、続いて第一詩集『種薯』を刊行。同年アイヌの古老からアイヌ文化を学び、以後も研究を続けた。1951年北海道文化賞を受賞。

『更科源蔵詩集』
土曜美術社／1986年

暮らし

화장실
トイレ
厕所

ワンマン乗降口
釧路方面

北の国の習い

中島みゆき

離婚の数では日本一だってさ　大きな声じゃ言えないけどね
しかも女から口火を切ってひとりぽっちの道を選ぶよ
北の国の女は耐えないからね　我慢強いのはむしろ南の女さ
待っても春など来るもんか
見捨てて歩き出すのが習わしさ
北の国の女にゃ気をつけな
待っても春など来るもんか
見捨てて歩き出すのが習わしさ

北の国の女にゃ気をつけな
吹雪の夜に白い山を越えてみようよ　あんたの自慢の洒落た車で
凍るカーブは鏡のように気取り忘れた顔を映し出す
立ち往生の吹きだまり凍って死ぬかい
それとも排気ガスで眠って死ぬかい

『夜を往《ゆ》け』より　抜粋

解説

中島みゆきは、北海道札幌市に生まれた女性シンガーソングライターで、ラジオのパーソナリティーとしても活躍してきました。

一九七五年にシングル『アザミ嬢のララバイ』でレコードデビューし、『時代』で世界歌謡祭グランプリを受賞します。社会的なテーマを歌う一方で『わかれうた』や『悪女』といった失恋をテーマとしたヒット曲も生み出し、ニューミュージックブームと言われた時代の音楽界を中心で担っていました。一九七〇年代から二〇〇〇年代にかけて、音楽アルバムや映像ソフトなどの売り上げを集計したランキング「オリコンチャート」で一位を獲得し続けてきたアーティストです。

一九七九年からはじまったラジオ番組『中島みゆきのオールナイトニッポン』では、パーソナリティーとして、軽妙な語り口と明るく不思議な多重イメージによって人気を集めました。

一九八九年には「夜会」と名付けた舞台をスタートさせ、一九九五年からは書き下ろしの新曲を中心に構成する、独特な表現空間を創り上げています。

『北の国の習い』は、一九九〇年のアルバム『夜を往《ゆ》け』の中の一曲で、レゲエ風の陽気な楽曲に仕上がっています。「北の国の女にゃ気をつけな」という、警告とも宣言とも受け取れる断定によって、北の国の女が、暮らしの中で育んできた力強さが発信されているかのようです。

北海道は明治維新からの移民が多く、伝統や風習があまり無いうえに開拓時代から男女が対等に働きながら暮らしてきました。そんな明るくて芯の強い女性の姿が直に感じられる曲ではないでしょうか。
中島みゆきは北海道の暮らしについて「あそこに帰れば楽だという意味での帰郷意識はないですね。あの自然との戦いのようなところに挑むというのは、一つの生きがいだろうとは思います。でも、生半可じゃないですね」と雑誌のインタビューで語っています。

中島みゆき
（なかじま　みゆき）1952～

北海道札幌市生まれのシンガーソングライター。藤女子大学卒業。1975年『アザミ嬢のララバイ』でデビュー。同年、世界歌謡祭にて『時代』でグランプリ受賞。音楽活動だけでなく小説やエッセイ等の執筆も行う。日本において唯一、1970年代から2000年代までの各10年間で、音楽チャート1位を獲得している。

『夜を往け』YCCW-00021
ヤマハミュージックコミュニケーションズ／2001年

知床半島の番屋を訪ねる

谷村志穂

出会いに偶然というものはなく、それらはすべて出会うべくして出会ったのだと言う人がいる。私も、時折その通りだと思う。とにかくこの一年は、体の中から小さな矢にちくちくとさされているようだった。北へ南へと、ただそのこそばゆさに従い、走るばかりだった。小説の取材、音楽の旅、遊び、ＴＶの仕事と内容はいろいろだが、どんな旅でも楽しい。

冬に入り、北海道の知床半島に出かけた。『遠くへ行きたい』の五回目のロケである。

北海道の北東部、人口一万人という、羅臼《らうす》町。周囲の海は、冬は流氷で閉ざされる。私は鮭《さけ》漁を営む漁師さんたちの番屋を訪ねた。番屋というのは、漁師さんたちが漁期を過ごすための家であり、漁具を預かるための小屋でもある。海岸ぶちにぽつ、ぽつと立ち並んでいる。互いに間隔があるためか、凛とした空気が感じられる。

青森や秋田から通っている男性たちは、そこに半年ほど寝泊まりするのだそうだ。通いの男性たちは、昼ご飯を食べ、そこで休む。賄《まかな》いをする女性が泊まり込みで、そのすべての食事の世話をする。

かつてその町の番屋を舞台に、戸川幸夫《とがわゆきお》さんが「オホーツク老人」という小説を書かれている。森繁久彌《もりしげひさや》さんが主人公役で、映画にもなった。

私が出かけたのは、鮭漁ももうじき終わりという時期だった。

朝二番目の船に乗せてもらった。海が荒れる中、二艘の船で出かけた。一艘が先行し、船頭さんの合図で網をおろす。網に入った魚をもう一艘の中へがばっと流し込む。魚を流し込むというのはおかしいかもしれないが、まさにそういうふうに見える。そして網を引き上げ、また次の場所を探して進んで行く。

今年の鮭は豊漁だったのだそうだ。地元ではケイジと呼ばれる幻の白鮭も、ずいぶんあがったと聞いた。

この日はもう時期も終わりとあって、網に入ってくるのはピーピー泣くスルメイカが大半だったが、それでもケイジも一尾網に入った。お願いして、すぐに番屋でさばき、塩焼きにしたのをいただいた。本当は、あがってすぐの魚はうまくはないというが、ケイジの味は格別だった。口に含むと、脂《あぶら》がこってりと流れ出てくるようだった。

食事の場面も、カメラを回そうということになった。

勝手に思い描いていた漁師さんたちの印象といえば、酒に強く、昼間からよく飲みよく食べ、深く眠るといった荒っぽいものだったが、お会いした方々はみな本当に穏やかで、食事も軽くすすっと食べ終える。お酒を飲む人は、今は多くはないのだそうだ。船で喧嘩になっても大変だからねえ、などと言う人がいた。

私は食べるのがひじょうに遅いもので、カメラが回り私が食べ始める頃には、漁師さんたちはみなすっかり食べ終え、ストーブに当たってお茶を飲み始めている。

様々、興味のつきない話をうかがった。

漁がすべて終わると、みなで祝宴を開いて解散になる。番屋はまた来春まで閉鎖になるのだが、かつては必ず一人見張り番が残ったのだそうだ。「オホーツク老人」の主人公も、その番に当たったた。鮭の網などがネズミに食いちぎられないよう、猫をたくさん飼って番屋で冬を越す。長く寒いひと冬である。猫は特別の存在なのである。

だが、「オホーツク老人」では、最後にその猫が、オジロワシに連れ去られてしまう。老人は流氷をつたって追いかけていき、空に向かって猟銃を放つが、流氷の割れ目に落ちて死んでしまう。もうじきまた仲間たちが集まってくるというときに——。

番屋での生活は、今はとても快適であるようだった。大きなストーブがあり、部屋は暖《あたた》かで、水道もある。漁師さんたちの部屋は個室になっていて、みなでくつろぐための居間もある。

朝、三時に起きて、夜の六時頃には眠る生活。仕事が終わると、揃ってぶらぶら町のパチンコ屋さんなどに出かけるそうである。船頭さん手製の筋子《すじこ》やイクラも拝見した。番屋をしめる最後の日に、みんなで分け合って、家族へのお土産にするのだそうだ。

『サッド・カフェで朝食を』より　抜粋

解説

「知床半島の番屋を訪ねる」は、谷村志穂が取材や旅の中で出会った、愛すべき二十五の街でのできごとを描いたエッセイ集『サッド・カフェで朝食を』に収められている一編です。

舞台となった知床半島は、北海道東部の斜里《しゃり》郡斜里町と目梨《めなし》郡羅臼《らうす》町にまたがり、オホーツク海に長く突き出ています。南側は根室海峡に面していて、晴れた日には対岸に国後《くなしり》島が見えます。原生的で豊かな大自然が広がる半島は、一九六四年に知床国立公園となり、二〇〇五年には世界遺産に登録されました。

知床半島は火山地帯であるため羅臼温泉、瀬石《せせき》温泉、岩尾別温泉などの自噴する温泉が点在しています。滝が天然温泉になっているカムイワッカの滝や、知床観光の拠点として利用される宇登呂《うとろ》温泉などがあり、多くの観光客が訪れています。

谷村が訪ねたのは、サケ漁がもうじき終わるという冬の羅臼町の番屋でした。羅臼町は知床半島の南東側に位置し、夏には「オニコンブ」とも呼ばれる羅臼昆布がとれ、秋からサケ漁が行われます。そのほかにも羅臼港では、ホッケ、カレイ、スケトウダラなどが漁獲できます。

「番屋」とは漁師たちが集まる施設で、漁期になると網などの漁具を整備したり、休憩・宿泊をしたりする場所として利用されます。羅臼町は、テレビドラマ『北の国から　2002遺言』のロケ地となった場所としても有名で、作中に出てくる番屋を再現した「純の番屋」が観光スポットとして市街地に建てられています。

北海道や東北地方には、番屋がまだいくつも残っており、今も漁師が使っている現役の番屋や、小樽方面の鰊《にしん》御殿のように史跡として保存されている番屋などさまざまです。

『サッド・カフェで朝食を』には、「知床半島の番屋を訪ねる」のほかにも、北海道をめぐるエピソードがあります。然別湖《しかりべつ》に出かけ、天望山《てんぼうざん》（唇山）の大自然を味わう「唇山の誘惑」や、谷村にとって「大好きな伊藤整の育った町」である小樽へ出かける「小樽、青春の地」などが収録されています。

谷村志穂

（たにむら　しほ）1962〜

北海道札幌市生まれの小説家。北海道大学卒業。出版社勤務を経て、1991年『アクアリウムの鯨』を発表。2003年、北海道を舞台にした『海猫』で島清恋愛文学賞を受賞し、ベストセラーになる。『尋ね人』『静寂の子』など北海道が舞台の小説をはじめ、エッセイや紀行文など幅広く執筆活動を続けている。

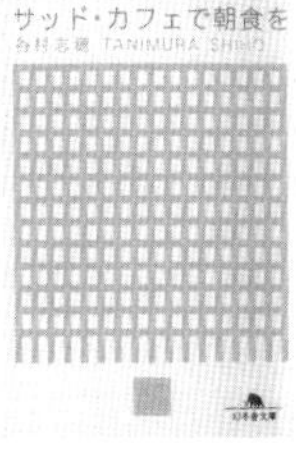

『サッド・カフェで朝食を』
幻冬社文庫／2000年

ウニの名前

小檜山博

ぼくが回転寿司へ行って一番先に食べるのが大トロ、次いでウニである。この順序は何年も変わっていない。ウニも海水に入れてあるエゾバフンウニで、ムラサキウニはあまりうまいと思わないから食べない。

大トロ、ウニの次に食べるものも、以前はアワビかカズノコだったが最近はサンマ、イワシに変わった。五番目にシメサバ、六番目にタコ、七番目にイカ、八番目にタマゴヤキ、九番目と十番目に二回続けて大トロで終わりとする。

この順序もここ何年も変えていない。べつにこだわっているつもりはないが、この順序で食べると、ネタ同士の味をこわさないことと、ぼくの舌の感覚にぴったりだからだ。

食べ順でわかるように一番好きなのが大トロ、二番目がウニだが、いままで食べたトロの中で一番うまかったのが北海道の古平《ふるびら》で食べた積丹漁《しゃこたんりょう》のもの、二番目がパリで食べた地中海漁のものだった。

ところでぼくの大好物のバフンウニだが名前が気にくわない。もちろん馬の糞のバフンに形と色が似ているからつけたらしいのだが、何ともせつない。ぼくは百姓の子に育ったから馬糞《ばふん》は毎日見ていたし、馬小屋から馬糞を外へ出すのは子供の仕事だったため、できたての、まだ湯気が立っている真っ黒なマンジュウのような馬糞を見てきたが、バフンウニとは形も色も似ているとは思えないのだ。確かに乾燥した馬糞は、雰囲気だけで言うとウニと似てないわけではないが、そういう連想は情けない。

最初に名前をつけた人が、かりに似ていると感じたとしても、もうちょっとセンスのある、味を重視しての、たとえばクリウニとかヒメウニ、ユメウニくらいの名前をつけてほしかったものだ。

昔、ウニがゴミみたいに思われていた時期につけられた名がバフンウニらしいが、いまは超最高級品だ。

とはいえ、最高にうまいゆえに逆に馬糞ウニのままのほうがいいのかもしれない。

『北ぐにの人生』より

解説

「ウニの名前」は、小檜山博《こひやまはく》が自らの生い立ちや文学・食べ物・人生について描いたエッセイ集『北ぐにの人生』に収録されています。『北ぐにの人生』で小檜山は、北海道の自然や風土や暮らしなどを北海道で生まれ育った人間としての視点で描き、現代社会から喪失していったものの大切さを伝えようとしています。

小檜山はこの作品の中で、食べ物の話題をとりわけ多く扱っています。自宅のそばで百坪ほどの畑を耕して野菜を育てていることや、紅ジャケを求めて札幌の中央卸売市場まで足を運んでいることなど、様々なこだわりが書かれています。特に数の子入りの生ニシンについて、「北海道の近海でとれたニシンに限っている」「毎日、魚売り場へ寄ってニシンを見ないと落ち着かないのだ」などと書いていることからも、並々ならぬ情熱がうかがえます。

「ウニの名前」で問題にしている「バフンウニ」は、形や色が馬糞に似ているところからこの名が付いたウニです。北海道、東北地方から九州、朝鮮半島、中国の沿岸にまで広く分布し、干潮線付近の石の下などで見つけることができます。棘《とげ》が短く、殻の大きさは五センチ程度で、全体的にくすんだ緑褐色を帯びています。漁期は七月から八月で、小檜山は「ウニは海の中で手づかみでとり、その場で殻を割って海水でゆすいですすり込むのがうまい。小箱に並べて凝固剤で固めたものは味が七分の一」と書いています。

小檜山は、北海道滝上町《たきのうえ》オシラネップの出身です。両親が農業を営んでいたため、幼い頃から農作業や家畜の世話を手伝っていました。中学二年から街の学校へ転校すると、毎日往復三十四キロメートルの道のりを歩いて通学していたといいます。このような少年時代の経験を北海道の風景とともに描いたのが、小檜山の自伝的小説である『風少年』です。この作品は二〇〇六年度に中学生用の国語教科書にも採用され、小檜山の代表作の一つとなっています。

二〇〇九年、『風少年』の一節を刻んだ文学碑が、出身地であるオシラネップ原野十八線に建てられました。文学碑の建っている場所からは、小檜山が子供の頃に住んでいた家を望めるといいます。

小檜山 博

（こひやま　はく）1937～

北海道滝上町生まれの小説家。苫小牧工業高校卒業。一貫して北海道の自然と風土に生きる人間を描く。1976年、『出刃』で北方文芸賞を、1983年に『光る女』で泉鏡花文学賞、北海道新聞文学賞を受賞。2000年発表の自伝的小説『風少年』は、中学校教科書に採用された。2007年北海道功労賞受賞。

『北ぐにの人生』
講談社／2003年

リラ冷えの街

渡辺淳一

ライラックは日本原産の木ではない。原産地はトルコ半島からヨーロッパ南東部のバルカン半島にかけての一帯である。ライラックは英語名で、リラはフランス語である。日本名はムラサキハシドイということになるが、これではいかにも味気ない。札幌の人達はこの木をライラックかリラとしか呼ばない。

ライラックが北海道にもたらされた明治中期は、いろいろなものが北海道に持ち込まれた時代であった。ポプラ、アカシヤ、ドイツトウヒ、リンゴ、鉄道、馬……そして人々。およそ、当時日本という国へ入ってきた新しいもののほとんどが、この新しい島へも同時にもたらされた。

すべてが他国から来た者同士のサッポロの街に、ライラックはよく似合う。それは菊でも桜でもいけない。明治に築かれたサッポロは、紫色の冷え冷えとしたリラでなければ似合わない。ライラックを見ながら、有津はそんなふうに思う。

植物園事務所の右手には樹齢八十年余《あまり》のライラックの老木がある。八十年余というのは明治二十五、六年ごろに、すでに大きな株のままソリに乗せて運び込まれたからである。詳しい樹齢は誰も知らなかった。高さ五メートルを越し、こんもりと枝が繁《しげ》っているので花どき以外はライラックと気付かぬ人が多かった。

この木の蕾《つぼみ》が下から開き始めるのを見ると、有津は初夏がきたと思う。それまでの桜と梅の季節は彼にとっては春であった。

その蕾が開いた日、有津は志賀と植物園の芝生を横切って薬草園の方へ歩いていた。土曜日の午後で閉園時間の五時が近づいていたが、斜陽の当る芝生にはまだかなりの人が残っていた。

「小学校の一年生なんですが、悪戯《いたずら》ざかりで池の魚でも取ろうとしたんですよ」

歩きながら志賀は言った。

今日の昼過ぎ、植物園に遊びに来た少年が、サクラ林から樹木園に通じる路《みち》の途中の池に誤って落ちて、全身ずぶ濡《ぬ》れになったというのである。落ちたのは勿論《もちろん》、少年の過《あやま》ちだが、ちょっと間違えば落ちるような状態にしておいたという点で植物園側にも落度がある、と少年の母親が訴えてきた。

有津は大学に行っていて不在だったので、志賀が替《かわ》って文句を言われ、一応謝ってお引取り願ったというのだが、若い志賀としては納得しかねるらしい。

「そんな可愛い子供なら自分できちんと監督してりゃいいんですよ。それを自分は連れの奥さんとお喋《しゃべ》りに熱中していて、目を離しているうちに子供が落っこちたからってこっちに文句を言ってくるなんて、お門違《かどちが》いもはなはだしいですよ」

志賀は行き交《か》う入園者に聞えるのも構わず大声で続けた。

「柵《さく》が無いと言ったって、本来自然を生かした植物園に柵があっちゃ可笑《おか》しな話ですからね」

ライラック並木を右に見て芝生を抜けると、サクラ林の下り坂になる。樹《こ》の間《ま》隠れに水が光り、池に出る。樹木園へ通じる路には橋があるが、少年が落ちたのはその橋の先の上り口の所である。

この辺りの池は以前は湧泉《ゆうせん》があり、幽庭湖《ゆうていこ》と呼ばれて、美しい水を湛《たた》えていた。それが今は水枯れのためにポンプ給水により辛《かろ》うじてその一部を残しているに過ぎない。そのおかげで水は浅く、池より沼といった感じが強いが、池畔《ちはん》にはミズバショウ、エゾリュウキンカ、クリンソウ、キショウブなどの湿地の植物が生い茂っていた。

「ここから滑り落ちたのだな」

池の畔《ほと》りは比較的急な傾斜になり、その辺りの土は周りの大きな樹木に陽《ひ》を遮《さえぎ》られて黒々と湿気を帯びたままである。

「こんなところに出てくる奴《やつ》が悪いんですよ」

「柵をするとなると、鉄か何かにしなければいかんな」

「やはり柵をつくるのですか」

「また文句をいわれるとうるさいからね」

「向うの不注意ですよ。勝手に入って、勝手に落ちたんですからね」

「入園料を取っている以上、そう突っぱねるわけにもいかないだろう」

「しかしここにペンキ塗りの鉄の柵を作ったら折角の幽遠な自然園が台無しですよ」

「大衆に開放するということは俗化するということだよ。まあペンキの色は少し地味な色でも考えて周りに合わせよう」

慰めるように言うと有津は池を見下ろすベンチに腰をかけた。

「分らない奴が多すぎますよ」

志賀も仕方なく腰を下ろした。陽が樹木園の先の山に傾き、樹の間から斜陽が小さい光の粒となって二人のまわりに散った。五月の半ばを過《す》ぎていたが、樹陰にはまだ底冷えがあった。

「明日は日曜日か」

眼《め》の前にイタヤカエデ、ヤマモミジ、ミズナラといった樹々《きぎ》が重なりあっている。どれも黒く節くれだった樹木である。その中に一つ白く透けるように伸びた幹がある。荒々しい男達の間に交って、それだけが女人の肌《はだ》を思わせて艶《なま》めかしい。

そのブナの木を見ていて、有津はふと家を出るという苑子《そのこ》のことを思い出した。

「君は知っているかと思うが、苑子が今月で家を出たいと言っているらしい」

志賀の体が微《かす》かに動いたようであった。

「私は別に反対ではないのだが、牧枝が何かと心配していて、一人にして手離すのが不安なのだろうが、君とのこともね」

「…………」

「まあ、君達二人の関係はどういうことなのかと、いうことらしい」

「どういうことって……」

「つまり、苑子に対する君の気持はどうなのかということらしい」

有津は牧枝の言葉を代弁しているように言ったが、それは有津自身が聞きたいことでもあった。

「どうかね」

「僕《ぼく》は苑子さんが好きです」

志賀が前を向いたまま言った。

「そうか、それならいいのだが」

「でも、今すぐ結婚とか婚約とかいうことは考えていません」

「苑子もまだ学生だからね」

「今、自分の気持に正直に言えるのはそれだけです」

「女というのは性急でね、とにかくうるさい。しかし君が苑子を愛してくれているのならそれでいい」

「でも、愛しているからすぐ結婚できるというわけでもないでしょう。愛しているから結婚という考え方は単純すぎると思うんです」

「そうかね」

「世の中の夫婦が全部愛し合って結ばれているというわけではないでしょう。それにこの頃苑子さんの気持が……」

「君、ちょっと待て」

手で制して、有津は立ち上った。正面の白い肌のブナの樹の先の樹木園から自然林へ向う小路を一人の女性が歩き、その横に八、九歳の少年が従っている。樹林の間を女と子供の姿は切れ切れに移動する。斜陽に女の後ろ半分は明るく前半分は暗く翳《かげ》りになっていた。

宗宮佐衣子《むねみやさいこ》ではないか……

樹の葉が光の中に揺れていた。彼はもう一度目を凝らした。信じられなかったが、その細く陰になった横顔は佐衣子に違いなかった。空港と機内で何度も見た顔に違いなかった。

「ちょっと失敬する」

「どうしたのですか」

「その話はまたあとでしょう」

呆気《あっけ》にとられている志賀をあとに、有津は自然林へ通じる小径を下った。すぐ四、五メートル先を一組の母子連れが行く。和服を着た撫《な》で肩の女性は佐衣子に違いない。その右手を少年が行く。少年の頭は佐衣子の肩口まである。その体は母親に似て細かった。

有津は息を整えた。整えてから一気に追い抜いた。細い道で瞬間、佐衣子は軽く身を捻《ひね》り道をあけた。振り返り正面から見据《みす》えて有津が言った。

「宗宮さんではありませんか」

女は立ち止った。見上げた顔は間違いなく宗宮佐衣子であった。

「有津です。このまえ飛行機で御一緒でした」

ああ、というように佐衣子はうなずいて、

「その折りは失礼致しました」

「いや、こちらこそ」

改めて挨拶《あいさつ》を交わすあいだ、少年は手持無沙汰《ぶさた》に有津を見ていた。

「今日はこちらへお仕事にでも」

「いえ、僕はずっとこちらの研究室に来ているのです」

「そうでしたか」

佐衣子は浅黄の紬《つむぎ》に藍地《あいじ》の帯を締めていた。

「お子さんですか」

「はい」

答えてから佐衣子が言った。

「紀彦《のりひこ》ちゃん、先生に御挨拶なさい」

少年は改めて有津を見上げると「こんにちは」とはっきりした声で言った。少年は白い筋の入ったセーターに半ズボンをはいていた。

顎《あご》の尖《とが》った顔に二重の大きな目が見開いていた。鼻筋が通り、子供には珍しく整った顔立ちであったが、右の額に小さな絆創膏《ばんそうこう》が貼《は》られている。

「傷ですか」

「慌《あわ》てん坊で、学校で柱にぶつかったのです」

佐衣子は笑ったが、少年は面白くなさそうに顔をそむけた。有津はもう一度少年を見た。見ながらあまりの偶然に狼狽《うろた》えていた。

「おいくつです」

「小学校三年です」

「そうですか」

二人は歩き始めた。少年は少し遅れて従《つ》いてきた。

三年生は……、と有津は考えた。八歳である。

あれは十年前であった。

「植物園へは度々いらっしゃるのですか」

「私は以前に来たことがあるのですが、この子は初めてなのです。久し振りに見ると、広くて美しいのに驚きました」

「東京とは草も木も随分違うでしょう」

「私もこの子も北海道の草花はさっぱり分らないのです。今日は陽気が良かったので勉強がてら来てみたのです」

路は自然林の茂みを抜けて明るい芝生に出た。五時に近く、芝生に休んでいた人達が起き上り、少しずつ出口の方へ向っていく。

「もう十日もすると、もっと沢山の花が咲き揃《そろ》います」

「こんなこと伺ってもよろしいでしょうか」

佐衣子が立ち止って言った。

「なんです」

「トリカブトというのがございますね」

「ええ、この薬草園にもあります」

「いま見て参ったのですが、その草はどんな花をつけるのでしょうか」

「あれは花をつけるのが秋で、碧色《あおいろ》の花です。上の方は帽状で全体として鳥の冠《かんむり》のような形をするのでその名が付いたのです」

「そうですか。この子の理科の教科書に出てくるものですから」

「トリカブトは北海道には縁の深い植物でして、あの根を干したものにアルカロイドという有毒な成分が含まれていて、漢方では神経痛やリウマチにきくとされているのです。ところが北海道では、昔、アイヌが熊を倒すのに矢の先にこれを塗って使ったのです」

「紀彦ちゃん、先生の仰言《おっしゃ》ること分った」

少年は瞬《まばた》きもせず、顔には大きすぎる眼で有津を見上げていた。

「花の標本くらいはあるかもしれません。これから探してあげましょうか」

「いえ、お忙しいでしょうから」

三人はまた歩き始めた。有津と佐衣子が並び、その間を少し遅れて少年が従いていた。

「三年前になりますが、〝北海道の草花〟という本を私が書きました。百ページほどの小さなものですが、小学生から一般の人達まで本州とは変った北海道の草花の特徴を知って貰《もら》おうというのが目的で書いたのです。それにはトリカブトのこともよくでています。家に戻ればあるのですが」

「買わせていただきます」

「いや、もう古いものですから店には出ていないでしょう、今度持ってきてあげます」

「ありがとうございます」

三人の姿がハルニレの影に入って出た。少年が樹の幹を振り返った。

「学校はどちらです」

「円山《まるやま》小学校なのです」

「じゃ、山に近いのですね」

「ええ、公園がございますね、あのすぐ手前なのです」

佐衣子ははきはきと答える。

「私の家は宮の森なので、あの辺りならよく通ります」

芝生が途切れ、その先は正門に続く軽い下り坂になっていた。左へ行くと事務所で右へ向うと温室であった。

「私はあの事務所にいます。研究室もあの中にあるのです」

樹立ちの先に事務室の白い建物が見えた。佐衣子はその建物を少し眩《まぶ》しそうに眺《なが》めた。

「よろしかったらお寄りになりませんか」

「でも、もうお時間ですから」

佐衣子は帰っていく人達で混み合っている正門を見た。

「出口のことなら心配はいりません」

「今度また改めて教えて戴《いただ》きに参ります。ありがとうございました」

佐衣子が頭を下げると、少年も慌てて真似《まね》た。

「じゃこの次までにトリカブトの花の標本と本を探しておきましょう」

「申し訳ありません」

「見付かり次第、御連絡しましょうか」

「ええ、でもそれでは勝手ですから私の方から」

「いや、構いません。お電話は何番です」

「でも……」

佐衣子は少し口籠《くちごも》ってから自宅の番号を告げた。

「宗宮さんでよろしいのですか」

「親の家なので尾高と言うのです。でも電話にはほとんど私が出ます」

佐衣子がもう一度礼をして背を向けた。斜陽の中を少年がその後に従った。

二人の後ろ姿がニレの樹陰に消えるのを見届けてから、有津は事務所の中の研究室へ戻った。

「お知り合いの方だったのですか」

有津が書棚《しょだな》から植物標本のファイルを取り出している時、志賀が入ってきた。彼はすでに帰り仕度だった。

「あ、君、トリカブトの標本は無かったかね」

「多分、大学の方へ持っていったと思います」

「誰が？」

「村越が来て、たしか秋の頃でしたか」

村越は同じ植物学教室の大学院生で植物の毒性について研究している男だった。

「そうか、仕様のない奴だな」

「急いで必要なのですか」

「ちょっとね」

「明日にでもきいてみます」

うなずきながら、有津はうしろめたかった。

「お帰りになりませんか」

「そうしようか」

有津が机の上を整理しはじめると、志賀がいった。

「さっきの苑子さんのことですが」

「なんだね」

「本当をいうと、僕はこの頃、苑子さんの気持がよく分らなくなったのです」

「そんなこと言ったって、君達は愛し合っているんだろう」

「そうなんですが」

「そんなことは二人でゆっくり話し合えば分ることじゃないか」

すでに有津の頭は佐衣子のことで一杯だった。


宗宮佐衣子が有津の電話を受けて植物園を訪れたのは、それから五日経《た》った木曜日の夕方であった。

佐衣子は少し硬い表情で有津の部屋で向い合って坐《すわ》った。

「本はこれです。トリカブトの標本はあると思ったのがないのです。大学の方でも調べて貰《もら》ったのですが、持ち出した本人がどこに置いたのか分らなくなって、やはりありません。あまり手近にある花なのでついうっかりしたらしいのです」

有津は机の上に雑多に積み上げてある文献の中から青い表紙の本をとりあげた。

「お手数かけました」

「花の形や、茎のことはその本でもよく出ていますから小学校や中学校程度の理科の勉強には充分役立つと思います。実物は今度、秋に花でも咲いたら見に来て下さい」

「ありがとうございます」

佐衣子は本を受け取り、頁《ページ》を開いた。

「紀彦君はお元気ですか」

「今日も一緒にお伺いするのを楽しみにしていたのですが、昨日辺りから少し風邪気味なものですから置いて参りました」

「それはいかん、熱があるのですか」

「昨夜軽くあったのですが、今日はもうありません」

「花時の五月の末でも、北海道はまだ肌《はだ》寒い時があるから、温かいくせに冷える、妙な季節です」

有津は佐衣子を見た。白い壁の部屋に佐衣子がぽつんと坐っていた。高い天井が底冷えを思わせた。

この女《ひと》に自分のが……

有津は微《かす》かな震えを覚えた。それは驚きというより怯《おび》えに近かった。

少年の顔が思い出された。都会育ちらしく瘦《や》せこけて眼だけが大きかった。骨の発育に肉がついてゆけないといった感じだった。少年の顔は白かった。含羞《はにか》むと眼の縁が朱味《あかみ》を帯びた。大きな眼も、細い鼻梁《はなすじ》も、中程で軽くつき出た唇《くちびる》も、すべて佐衣子のものであった。だが眼から鼻への線や、笑った時の鼻から口の柔らかな表情は、誰のものなのか。

間違いなく、そこには佐衣子と違うもう一人の血が入っていた。


（中略）

札幌の街は夕映えのなかにあった。二人は大通り公園の両側に続くプラタナスの並木の下を西へ向った。中央の芝生のなかにある花壇はチューリップが咲き誇っていた。

四丁目、五丁目辺りまでは芝生やベンチは、初夏の夕暮を楽しんでいる人達《たち》で溢《あふ》れていたが、六丁目を過ぎると人影は減り、時たま広場で遊ぶ少年達の声だけが返ってきた。

有津も佐衣子もとりわけて話すことはなかった。二人が別れることはすでに定っていたことであった。今更話したところでどうにもなりはしない。そのことを知りながら二人は一緒に歩いていた。頭では理解しているのに、体の残渣《ざんさ》が二人を結びつけているのかもしれなかった。

野球の球が芝生を抜けて、有津の足元まで転がってきた。彼はそれを取り、駆けてきた少年に投げ返した。少年の年頃《としごろ》は十二、三だった。

「紀彦《のりひこ》君も承知したのですか」

佐衣子は前を見たままうなずいた。有津は小さく息をつくと呟《つぶや》くように言った。

「しかし可笑《おか》しなものだ」

「え？」

「どうでもいい時は許されて、本当に愛している時には産むことが許されない」

「どうでもいい時って？」

「たとえば貴女の子供」

「紀彦のことでしょうか、それどういうことです？」

「いや、なんでもありません」

有津は納得しようとするように、しきりに首を振った。

「そんなこと、今更言っても始まらない」

犬を連れた老人が二人の前を通り過ぎた。

「貴女はどこへ嫁ぐのです」

「お聞きにならないで下さい」

公園はそこで途切れて石塀《いしべい》沿いの道になったが、プラタナスはまだ続いていた。その下を歩きながら有津が言った。

「義妹《いもうと》も嫁ぐことになりました」

「どなたのところへ」

「貴女も知っている志賀という青年です。でも本当に好きな人は他にいたようです」

瞬間、佐衣子は有津を見上げた。

「誰《だれ》もが、好きだから一緒にいるというわけではない。しかし形だけは整えねばならない」

二人はまた歩き始めた。

「しかし奇妙なものだ」

「なにがですか」

「人生なんて、こんなことで成り立っているのかもしれませんね」

「よくわかりません」

「すべて、思いがけない偶然だけが大きい顔をして、本当のことはずっと底に沈んでいる」

有津の言うことは具体的ではなかったが、佐衣子にもおぼろげながら分った。自分も本当の愛を殺して生きていこうとしている。それは表だけの顔だが、他人はそれを本当の顔と思うに違いない。

「大体そんなところなのかもしれない」

有津はまた一人でいうと、かすかに笑った。

波打つプラタナスの葉から洩《も》れた斜光が二人の影を長くうつした。佐衣子はふとリラの香りを匂《か》いだように思った。見廻《みまわ》すと石塀の先から零《こぼ》れるようにリラの花が咲いていた。

「ここでお別れします」

残照のなかで、紫のパステルカラーはさらにその色を増していた。二人はしばらく並んでリラを見上げた。

「それでは」

「さようなら」

佐衣子は一瞬、有津を見詰めたが、すぐ視線を落すと背を向けた。その前を女学生が二人行き過ぎた。佐衣子の白い後ろ姿がリラの花に見え隠れしながら遠ざかり、角を曲った。それを見届けると有津は一度うなずき、それからゆっくりと佐衣子と別の方角へ歩き始めた。

夕闇《ゆうやみ》の迫ったリラの樹影にはすでにかすかな底冷えがあった。

『リラ冷えの街』より　抜粋

解説

『リラ冷えの街』は、学生時代に気軽な思いから人工授精用の精子を提供した有津が、十年近い歳月を経て提供相手の佐衣子と出会い、許されない愛に激しく燃えていく長編小説です。偶然巡り会ってしまった男と女の虚しい愛の行方をたどりながら、リラの花薫る札幌の風景や四季の移ろいを丁寧に描いており、「熊と鮭とアイヌの出てこない北海道」を新鮮に描写した作品であると評されています。

作品名に使われている「リラ」は、日本では「ライラック」というイギリス名で知られているモクセイ科の落葉低木で、主に淡い紫色の花をつけます。フランスでは「リラ（lilas）」と呼ばれて親しまれています。

北海道の初夏を彩るライラックは、一九六〇年に「札幌の木」に選定されました。毎年五月下旬になると、札幌市の大通り公園や白石区の川下公園でライラック祭りが開催されます。ライラックが北海道にやってきたのは一八九〇年で、アメリカ人のサラ・C・スミス女史によって苗木が札幌にもたらされ、その後広がっていきました。

ライラックが咲き誇る季節は、五月末から六月初めにかけてです。この時期、オホーツク海高気圧の冷たい空気が北海道の気候に影響を与え、気温が二十度台から十度台へと一気に下がることがあります。本州では春先の冷え込みを「花冷え」と言うことがありますが、同じような現象が初夏の札幌では「リラ冷え」と呼ばれています。

一九七一年に渡辺淳一が『リラ冷えの街』を刊行すると、それがきっかけとなって「リラ冷え」という言葉が一気に全国へ広まりました。現在でも北海道では、「リラ冷え」が街なかの街頭放送などで日常的に用いられており、人々の暮らしに深く根付いた言葉となっているようです。
作中で舞台となっている植物園は北海道大学植物園のことで、時計台とともに、札幌の観光スポットとして有名です。7月には原田康子の「サビタの記憶」に登場するノリウツギが、5月後半にはライラックが見ごろになります。

渡辺淳一
（わたなべ　じゅんいち）1933〜

現在の北海道上砂川町生まれの小説家、医学博士。札幌医科大学卒業。母校で医療に従事するかたわら、北海道の同人雑誌に執筆を続ける。1970年『光と影』で直木賞を受賞し、本格的に作家活動を開始。作品は医療をテーマにしたものから、伝記、恋愛小説など多彩で、現在も精力的に執筆活動を続けている。

『リラ冷えの街』
新潮文庫／1978年

森と湖

森と湖のまつり

武田泰淳

山中翁を先登にして、三人は農夫たちの立ちはたらいていた、あの広場へ行く。広場には、人影もなく、桜や櫟《くぬぎ》をまじえた林にはすでに夕闇の色が降りはじめている。さほど密生してもいない林の細い立木を、まばらに起伏している夏草の茂みが、夕暮の気配のなかで、急に伸びひろがり、ひしめきはじめたように三人をとりかこむ。老人は手ばやく斧を振って、杖ほどの太さの長い枝を切りとる。小枝を切りはらって、棒の先端をとがらす。部落の男の子が三四人、どこからともなく集まって来て、老人の仕事ぶりに注目する。

「お前ら、なぜやって来た」老人は苦しげに咽喉《いんこう》を鳴らしながら、子供たちをからかった。

「あ？　熊の肉が食いたくてやってきたか。そうだろ」

そこはいつも祭場に使われる片隅らしく、老人のつくる棒と同じ棒が、雨風にさらされて柵のように並んでいる。老人は急ごしらえの二本の棒を、熊の頭蓋骨の耳のあたりに突き刺す。赤白だんだらの骨から突き出された棒の先端は、二本の奇怪な角のように見える。削り花を白髪の如くかぶり、すさまじい歯並びをこちら向きにして、据《す》えられた骨は、その二本の角をそえられて、なおさら猛々《たけだけ》しくなる。部落に向って押し寄せている林のはずれ、黒みがかった緑の波の波頭《はとう》に、白く浮《うか》ぶ熊の首は、生肉の赤でくまどられて、ものものしい。おそらく酷寒の雪の森の奥では、この飾られた頭蓋骨の威力はもっともっと、たくましく執念ぶかかったにちがいない。とりつくしまもない白一色、或《あるい》は黒一色のなかで、そぎ残された肉の血の色だけが、意味ふかい、生と死の仲介者だったにちがいない。

足もとのふたしかな割に、老人の手さばきは力強い。しかし飾られた首の骨にくらべ、老老人の仕種《しぐさ》がどうしても弱々しく、とまどっているように、雪子には思われた。

「ほら、お前らはもう帰れや。いつまで待っていても熊の肉はもうねえど」

老人に追い払われても、男の子たちは立ち去ろうとしない。面白がるでもなく、騒ぎもせず、眉をしかめて彼らは見つめていた。

「お前らには、カムイ(神)のことは何もわからねえだ。見ていても、もう見ているだけだ。なぜこんなことやるだか、やらなくちゃならねえが、何もわからねえで、ただそうやって見てるだ」

老人は、さらに首の形になった頭蓋骨に酒をふりかけ、自分でも椀の酒を飲んだ。老人の唱える祭文が、炉部屋で唱えたそれと別のものか、同じものか、雪子には聴きわけられなかった。老人の唱え方には自信がなかった。傍に、アイヌ語の研究者が立っているため、アイヌ翁はなおさら具合わるそうに咳きつづけた。式服を着けもせず、御幣を振りもせず、合掌一つするではなしに、ただ一つ儀式らしき物は祭文だけなのに、それがとだえがちで、たよりなかった。祭文が終ると老人は「ドン！」と発砲の音に似た叫びをあげて、両掌《りょうしょう》を前につき出した。そして「ほら、行った！　行った！」と日本語でわかりやすく言った。

「神様の魂が今、骨から抜け出して、神の国へ帰って行った、という意味なんだよ」と、博士が説明した。

「ドン、ほら、行った、行った！」老人が最後にいきなり付け加えた日本語は、厳粛なるべきアイヌ語の祭文に、本来なら付け加えてはならぬはずだった。老人はあきらかに、わざわざ訪ねてくれた女画家へのサービスとして、そうやってくれたのだ。たしかに、熊の肉を土産に部落へ来てくれたカムイの魂が、夏の林の茂みの奥へ、重なり合った枝葉の向うに走り去って行く、そう信じている老人の心は、こちらに通じた。その簡素な儀式そのものについては、馬鹿々々しいなどという感じはしないで、むしろ肉を獲たいという狩猟民族の必死の願いが、しみじみと理解できた。「ドン、ほら、行った、行った、行った！」は老人の温い親切のあらわれだった。だがやはりその日本語を祭主の翁の口から聴かされたとき、雪子は「もうこの祭りも終りだ。もうアイヌの祭りはなくなってしまう」と思わずにはいられなかった。

『森と湖のまつり』より　抜粋

解説

『森と湖のまつり』は、北海道大学に勤めていた経験もある武田泰淳が、北海道での取材にもとづいて執筆した小説です。

北海道の大自然を舞台に滅びゆくアイヌの姿を、四年間にわたって『世界』に連載し、一九五八年に刊行されました。取材直後に『ひかりごけ』を発表した武田泰淳は、そののち筆が進まなくなり、難産の末にこの作品が生まれたことを「あとがき」に記しています。また、あとがきには、北海道大学で講義した際にアイヌ語学の研究者・知里真志保《ちりましほ》に出会った話や、更科源蔵に案内と手ほどきを受け、コタンなどを訪ね歩いたことも書かれています。

小説は「阿寒《あかん》の湖は、陸地からの眺めは平凡で、青い水面のひろがりにすぎない」という静かな描写から始まります。

阿寒の湖とは北海道東部の釧路市にあるカルデラ湖のことで、湖全域が阿寒国立公園に指定されています。東岸側には雄阿寒岳《おあかんだけ》がそびえ、特別天然記念物のマリモや、ヒメマス、ウチダザリガニの生息地としても有名です。

物語は、北海道にアイヌの風俗を描きにきた画家の佐伯雪子が、アイヌの融和と保護を訴える池博士に案内されて、阿寒湖から美幌《びほろ》、屈斜路湖《くっしゃろこ》、弟子屈《てしかが》から釧路を経て標津《しべつ》そして塘路《とうろ》へと各地をめぐりながら進んでいきます。

アイヌ統一委員会会長で農学者の池博士と弟子の風森一太郎、キリスト者の姉ミツ、カバフト軒マダムの鶴子など多彩な登場人物が登場し、委員会と反対派の抗争や、風森一太郎と画家雪子との生々しい関係などが挿入されつつ、アイヌの苦悩と解放への可能性が描かれていきます。伝統的な風習を観光客に見せて金銭を得るアイヌ、アイヌであることを否定して暮らすアイヌ、過去の出来事を忘れて日本人を雇う経営者のアイヌなど、さまざまなアイヌの姿が描かれています。アイヌ研究学者の無力、男と女の欲望と嫉妬、そしてアイヌの暮らしを変えていく大資本の力などが描かれながら、物語は複雑に展開していくのでした。

武田泰淳は『森と湖のまつり』のあとがきの最後に、「この小説の最初に、彼女が発した『描けない』と言う告白が、この小説の最後で、少しでも重みを増していてくれればいいがと、彼女と共に私も切に願っているのである」と記しています。

武田泰淳

(たけだ　たいじゅん) 1912〜1976

現在の東京都文京区生まれの小説家。東京帝国大学(現在の東京大学)中退。在学中左翼活動に加わるが後に転向。1934年、竹内好らと「中国文学研究会」を設立する。1943年に『司馬遷』を刊行。終戦時には上海に滞在していた。帰国後、敗戦体験を反映させた『蝮のすゑ』を発表し、作家としての地位を確立した。

『森と湖のまつり』
新潮文庫／1962年

翼をもった女

加藤幸子

イザベラ・バード様

私はあなた宛の最後の手紙を二階の自室で書いています。窓辺によりそう柿の枝は、最初に手紙を差しあげたときには、深緑色に包まれていましたが、私がペンを走らせている間に、葉は燃えるような紅に変わり、照り輝く実を残して落ちつくしていきました。そして今はふたたびチカチカするような緑色に、窓の半分がおおわれています。

私たちの〈旅〉も、いよいよ大詰めに近づきました。あなたにとって日本の〈奥地〉の終点が〈北海道〉であったことは、私にも意外ではありません。私もまた十代の終りに、〈北海道〉に〈奥地〉を見、吸いよせられるように北上していったものです。〈北海道〉は私たちのもう一つの共通因数、といってもよいのでしょう。

（中略）

私が個人的に強い印象を得たり、知己《ちき》になったアイヌの人たちは、五人います。

一人目には私が四歳のとき会いました。両親が私を連れて観光アイヌ村のある温泉地に行ったらしいのです。そこにいた一人の女が私を見て激しく泣きだしました。アッシを着て、唇のまわりに青黒いいれずみをしていたのでかなりの年寄りに見えましたが、せいぜい三十代だったのでしょう。先月亡くした自分の幼い子供に私がそっくりだ、と言ったそうですから。もちろんその説明は物心がついてから聞いたのですが、私のアイヌの人びとへの気持の原点にはいつもこの出来事が出てきます。嘘ではありません。自分にアイヌの血が混じっていることを、期待していたぐらいです。

二人目は大学の構内でときたますれ違った文学部のチリ先生です。私は農学部の学生でしたから、向うが気づかれたことはないでしょうが、私は先生がアイヌ文学の研究者であることをよく知っていました。そして在学中に一度でいいから、直接お話する機会を得たいと思っていました。でもチリ先生は、専門外の学生をたじろがせる、よく研《と》いだ剣のような空気をまわりに放射していたので、怖くてとうとう近づけませんでした。もしかなえられていたとしても、野山の遊びにあけくれていたハンパな女子学生は、一刀のもとに切りふせられていたでしょう。チリ先生は私が卒業して北海道を去った二年後に、心臓病で亡くなりました。
三人目のアイヌ人には、お目にかかったことさえありません。偶然に札幌の古書店で見いだした『アイヌ神謡集』というかわいらしい詩集の訳者です。そして彼女こそあのチリ先生の六歳年上の姉、ユキエさんでした。この詩集にはチリ先生の分類によると、カムイユカル(自然神謡)に当たるユーカラの十三編が、ローマ字表記のアイヌ語が日本語の訳文と対になって入っています。たとえば――

“Shirokanipe ranran pishkan, konkanipe ranran pishkan” arian rekpo chiki kane
「銀の滴降る降るまはりに、金の滴
降る降るまはりに。」と云ふ歌を私は歌ひながら

読みおえた私は胸がいっぱいになりました。アイヌ語の軽快な調べが、あまりによく調和した美しい日本語になっていたからです。ユキエさんはまれに見る才能をもった方だったのに、言語学者金田一京助氏邸に身を寄せながら十九歳で早世してしまいます。

四人目はビッキという名のおかしな彫刻家です。彼とは計四度会っていて、けっこう長話もしましたし、『北の女王』というタイトルの彼のフィンガーペインティングが、今これを書いている私の背側の壁にかかっています。ビッキと最初に出会ったのは、やはり学生時代に女子美の友人と二人で行った道内周遊旅行の途上でした。阿寒湖のほとりで熊彫りをしていた彼は、同行の友人の上級生の恋人だったのです。小さい民芸店の前で四人で撮った写真がまだ手もとに残っています。彼はベレー帽をかぶり、長身で茶色い瞳の澄んだ青年でした。二十年後、再会したときにはビッキは北海道の僻村《へきそん》で、廃校になった小学校の校舎をアトリエ兼住居にして三度目の奥さんといっしょに住んでいました。荒々しい丸太の彫刻群に囲まれて、昔の三倍ぐらい太っていました。次に会ったのは銀座で個展が開かれたときです。会場の画廊の前で、人の流れがちょっと迂回《うかい》するので、何だろうと思って近づくと、歩道の端に椅子がかわいそうなくらいの巨体が腰をおろしていました。私を見るとにっと笑い、「おれ、東京の人間観察してるの」と言いました。

最後の機会は横浜にオープンした市民会館の展覧会場でした。車椅子に乗って、体じゅうに管を巻きつけて点滴をしながら動いていました。あい変わらず大きくはあっても、しわしわになっていました。「おれの作品には女のファンが多いんだ」といばっていました。そして三日後には死亡記事が新聞に掲載されました。

五人目の知りあいの萱野《かやの》氏は、あなたがくわしく調査した平取《びらとり》アイヌの出身です。一昨年繰りあげ当選で国会議員になられました。私は萱野氏がまだ社会的に表だった活動をしていなかったころ、平取に行って直接お話をうかがい、自費で収集したアイヌ民具の博物館を見せていただき、お昼にはイクラを炊きこんだご飯をごちそうになりました。萱野氏はアイヌ文化の一つであった鮭漁の復活を強く望んでいました。私は私で、鮭の群れが現在のように河口で大虐殺されることなく、銀鱗をきらめかせて川を遡上する光景を夢みています。

『翼をもった女』より　抜粋

解説

『翼をもった女』は、加藤幸子がイザベラ・バードという明治時代に日本を旅した女性に宛《あ》てた手紙形式で書かれている小説です。イザベラ・バードは、一八三一年生まれの英国人女性旅行家で、紀行作家でもありました。七十二年の生涯で、アメリカ、カナダ、オーストラリア、ニュージーランド、ハワイ、ロッキー山脈、日本、チベット、ペルシャ、ロシア、朝鮮などを旅行しました。

開国間もない一八七八年に来日したイザベラ・バードは、五月から九月にかけて横浜から東京を経て北関東へ、そして会津から新潟、山形、秋田、青森をまわり、そのまま北海道を訪ねます。通訳の伊藤鶴吉を伴い、十月からは神戸、京都、伊勢と関西を訪れています。一八八〇年には、行く先々で書いた妹に宛てた手紙をもとに、上下二巻の旅行記が出版されました。その五年後に関西旅行の箇所を省略して一冊にまとめた普及版を出版しますが、舞台となった日本での出版は約九十年の年月を待つことになります。普及版の日本語訳『日本奥地紀行』が平凡社から東洋文庫として出版されたのは一九七三年のことでした。

この普及版での北海道の記述は全体の約三分の一におよび、イザベラ・バードがどれほどアイヌの人々に感銘を受けたかがわかります。アイヌの人々についてイザベラ・バードは「獰猛《どうもう》そうに見え体格はいかに残忍なことでもやりかねないほどの力強さに満ちているが、話をすると、その顔つきは明るい微笑に輝き、女のように優しい微笑《ほほえ》みとなる」と記しています。

イザベラ・バードによるこの旅行記は、明治期に来日した外国人が日本をどう見ていたのかを知る貴重な文献です。

　加藤が『翼をもった女』を手紙形式にしたのは、『日本奥地紀行』のもとが手紙だったことが影響しているでしょう。日本野鳥の会理事など自然保護運動に積極的に取り組んできた加藤は、ゴルフ場などができた結果、原風景は破壊され、イザベラ・バードが感激して描いた北海道の大森林が消滅したことを嘆きます。

　百年以上前に来日した婦人を「あなた」と呼び、「私」の『日本奥地紀行』への感想を述べ、自身の体験談を記しながら「日本の現在」を報告することで、イザベラ・バードの足跡を丁寧にたどり作品化したのでした。

加藤幸子
（かとう　ゆきこ）1936～

北海道札幌市生まれの小説家。北海道大学を卒業後、農林省農業技術研究所、日本自然保護協会勤務を経て、現在は主に作家として活動する。1982年『野餓鬼のいた村』で新潮新人賞を受賞。同年『夢の壁』で芥川賞を受賞。自然と人間の共生をテーマにした作品を多く生み出している。

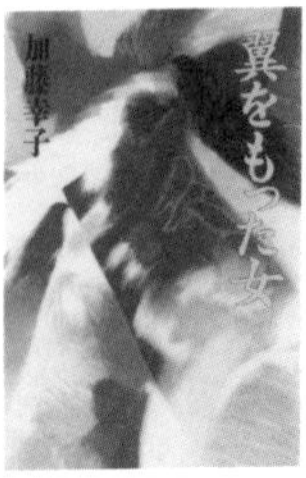

『翼をもった女』
講談社／1996年

摩周湖

坂本直行

摩周《ましゅう》の名が神秘の感を抱かせ、なかなか姿を見せないと、バスガールが美しい声で説明したが、僕は二度訪れたが二度とも快々晴であったのは人柄によるせいだろう。

最初訪れた時は、観光のバス道路がつかない頃で、それも四月中旬であった。道内でも雪の少ないこの地方のことながら、意外に残雪がなくて少々失望はしたが、湖の向うに斜里岳の白い峰がさん然としているのに慰められた。二度目はバスに乗って眺めた。外輪山《がいりんざん》は無木で樹林の美しさがないのは淋しい。バスの中から摩周湖を眺められることなど、夢想もしなかったことだが、あれが沢でも苦労をして登りつめ、忽然《こつぜん》として眼前に現われたのなら、もっと神秘的に見えるだろう。だがこれは登山者の悪趣味の類《たぐい》かもしれない。

透明度はバスガールの美しい説明によると、日本一か世界一のような感じがするが、水の色は深く澄んでいてすばらしい。湖の色で一番印象に残っているのは、支笏湖《しこつこ》のわきの恵庭《えにわ》岳《だけ》と漁岳《いざりだけ》の深く落ち込んだ山間にあるオコタンペ湖である。恵庭岳の頂《いただ》きや、ひどいブッシュをかきわけて立った漁岳の頂きから、この湖を見下した時には非常に驚いた。

色の種類からいえば、コンポーゼブリュウだろう。

実に意外な色であって、人跡稀《まれ》な深山にあるのでますます神秘的な感を深めた。何か水に含まれていることは、湖に下ってみてわかった。湖底の石に白い沈殿がついていた。とまれ摩周湖はたしかに道内随一の湖であろうが、どうせのこと今度は湖面までバスでつれてってほしいものである。

どうも水というやつは僕の苦手で、うまく描けたためしがない。ことに日本一神秘な湖だ、なんてバスガールに教えられるとますます描けない。僕は二度とも摩周湖と斜里岳を半分半分眺めてきた。

『原野から見た山』より

摩周湖

斜里岳

解説

摩周湖は、北海道川上郡弟子屈《てしかが》町にある、日本でもっとも透明度が高い湖です。バイカル湖につぐ世界第二位の透明度と認められ、二〇〇一年には北海道遺産に選定されました。湖岸から急激に深さを増していく摩周湖は、透明度の高さから青以外の光の反射が少なく、晴れた日には「摩周ブルー」と呼ばれる美しい湖面が見られます。

一九〇六年に釧路で生まれた坂本直行は、山を愛し、山に情熱を注いだ人生を歩みました。幼い頃からもっぱら山遊びや草花いじりに熱中していた直行は、中学一年生の夏に羊蹄山《ようていざん》に登り、山頂で見た朝陽や、雲海、高山植物に感動します。直行はこの経験を「僕の全生命をゆさぶるほどの印象を与えた」と振り返っています。

その後、直行は北大農学部に進学して山岳部に入り、卒業後は園芸家を目指し東京の温室園芸会社で修行するも、事情があって果たせませんでした。その後、友人が経営する十勝の牧場で酪農を学び、独立してから、日高山脈を望む広尾町の未開地に入り開墾生活を始めたのでした。

極寒の大地では、大凶作と借金と冬の寒さとともに二十四年間、過酷な生活が続きました。随筆『開墾の記』は、その体験記として出版されますが、辛く厳しかった日々の生活を明るく描いた文章に支持が集まり、好評を得ることになります。

一九六〇年には開拓地を離れ、札幌市にアトリエを構えて創作活動に専念し、山岳画家として活躍しました。画家としても著名だった直行は、北海道土産「六花亭《ろっかてい》」ホワイトチョコレートの包装紙をデザインしたことでも有名です。二〇〇七年には、六花亭の包装紙に描かれた草花の咲く「六花の森」が河西郡中札内村《なかさつないむら》にオープンしました。小川の流れる森の中に建つ「坂本直行記念館」を訪ねれば、直行の描いた草花のデッサンや水彩、油彩、未完の日高山脈作品などが観賞できます。

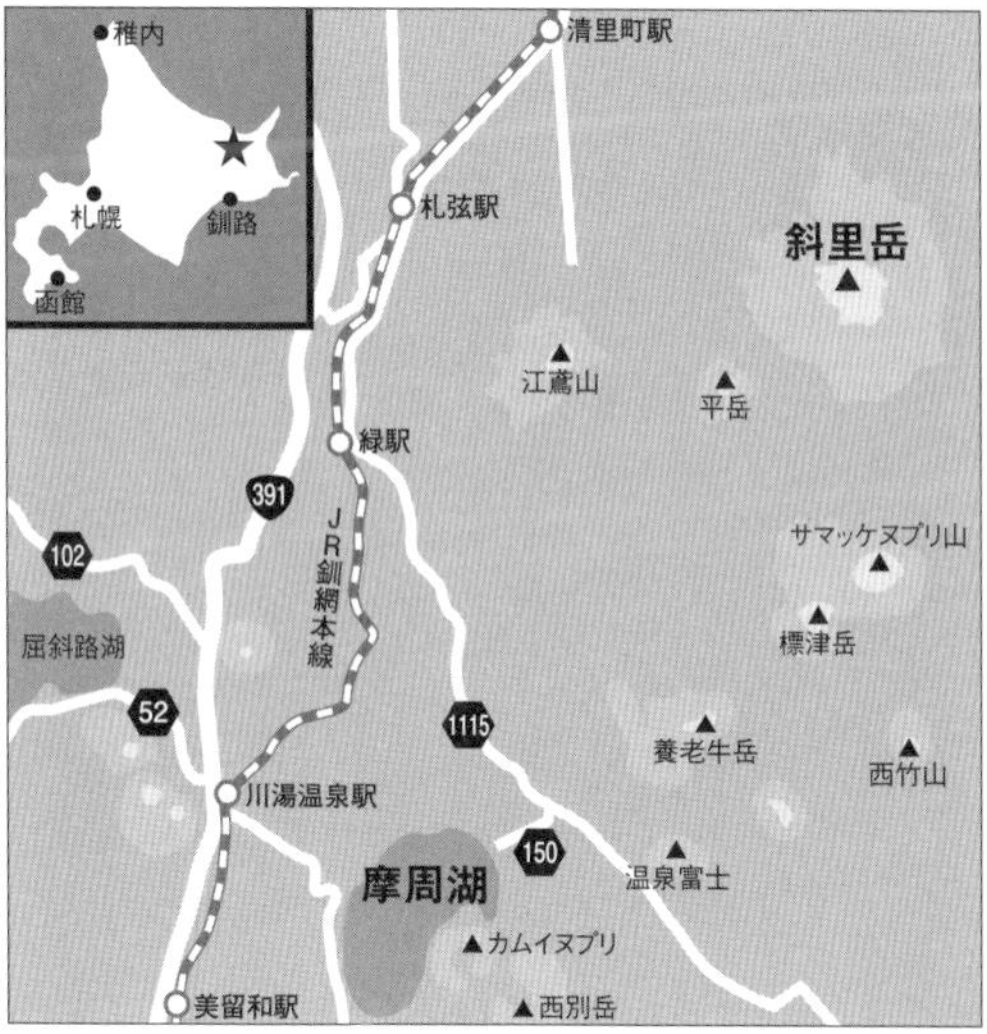

坂本直行

（さかもと　なおゆき）1906～1982

北海道釧路市生まれの画家。北海道大学卒業。東京の温室園芸会社に2年間勤務した後北海道に戻り、牧場経営をしながら北海道の自然をモチーフにした風景画や植物画を描き始める。1974年北海道文化賞受賞。彼が描いた草花の絵は、帯広市の製菓会社「六花亭」の包装紙のイラストとしても親しまれている。

『原野から見た山』
茗溪堂／1974年

最後の一羽

池澤夏樹

夕方が近づいてあたりが少し暗くなり、北の風が吹きだしたころ、彼は飛び立つ用意に羽づくろいをはじめた。朝からその時まではうつらうつら眠っていたのだ。まず左の翼の羽毛を一本ずつ嘴《くちばし》でそろえ、次に右の翼を同じようにきれいにしてから、首をまわして肩と背中をゆっくりと丁寧に整えた。

天頂から西側の空は雲に覆われていて、熱のない秋の太陽は直接は見えなかったが、雲の上端が朱色に染まったので日が沈んでゆくのがわかった。日没を過ぎると風がざわざわと急に強くなった。彼は「ぼお・ぼお」と低く二声だけ啼《な》いた。

そして、翼を強くはばたいて、それまでとまっていたヤチダモの枝から飛び上がった。一度降下して勢いをつけ、それから三回ほど力を込めて翼を動かすと、彼はもう林の木々の梢《こずえ》を越える高さに到達した。そこは小さな沢のほとりで、ミヤマハンノキとヤチダモが半々くらいに生えていた。葉がよく茂ってどうにか身を隠せるところが最近の彼のねぐらだった。そんなところで休むのは本意でないけれども、それ以上ましな場所は見つからない。古いミズナラの太い幹にあいた洞の中で何も考えずに安心して眠るような贅沢なことは、もう何年もしていなかった。

彼は林の上で二度ほど円を描いてから、南西の尾根の方角へ向かった。ダケカンバとナナカマドの生えた斜面に沿って上り、やがてその低い尾根を越えた。普段から風が強い尾根あたりにはもう丈の高い木はなくて、地面にはハイマツがしがみつき、それもないところはクマザサが密集していた。上空に点々と浮いた雲の腹はまだ鮭色に染まっていたが、それもすぐに消えることを彼は知っていた。あの湿地に着く頃には目は宵の闇に慣れて、どんな小さな動物の素早い動きも見えるようになっているはずだ。東の空に星がいくつか見えた。彼は力を込めて大きな翼をはばたき、夕風の中をぐんぐん飛んでいった。

最近はその湿地に行くことが多かったが、しかしそこへ行ったからといって確実に餌が捕れるわけではない。現にその日に先立つ二日間、彼は何一つ捕らずに腹を空かせたまま、沢のヤチダモの葉蔭に戻った。今日あたりは何か捕れないと、だいぶ苦しいことになる。しかし彼はあせってはいなかった。あせっても獲物は来ない。彼が狩りにいく範囲はこのところ次第に広くなっていた。沢も駄目、大きな川も駄目だから、湿原やちょっと開けた土地、山間の沼や池などで小動物と魚を探すほかない。もともと不得手だったそういう狩りの方法でも、彼一羽を生かしておくくらいの獲物はどうにか捕れた。

不思議なのは、そんなに広く飛びまわっても、仲間の声をまったく聞かないことだった。昔ならば、つがい同士はいつも声を掛けあって互いの所在を確かめていたし、知らぬ同性とも声で威嚇《いかく》しあってそれぞれの縄張りを確認し、不用意に相手の領地を侵さないようにしていた。しかし、今ではそんなことをする必要はまるでない。どこまで行っても、誰にも会うことはないのだ。

彼は目的地に着いた。湿地を見下ろすエゾヤナギの高い枝にとまって、じっと見張りをはじめた。この時期、キタキツネの子はすっかり育ってしまい、彼の獲物としてはもう大きすぎる。ミンクは用心深い。ユキウサギはまだ森から湿地に出てきていないだろうし、カエルはもう穴にもぐってしまった。せいぜい不用心なエゾリスでも見つかればありがたいところだ。彼は自分がめっきり不器用になって、せっかく見つけた獲物を捕り逃がすことが多くなったのに気付いていた。そういう狩りをするには彼の身体はあまりに大きく重いし、それに彼はもう若くはない。

空の西の方に残ったほんの少しの青みが消えかけた頃、彼の大きな瞳は何かの動きを下の湿地に認め、それを見たと意識する間もなく翼が広げられた。一瞬の後、彼の身体は宙に浮き、枯れたワタスゲの間を走ってゆくその小さな動物の方へふわっと音もなく降下していた。目以上に耳が正確に相手のいる場所を彼に教えた。真上まで行ったところで身体を立て、翼の迎え角を大きくして減速しながら両足を伸ばして、獲物を摑《つか》む。そのまま強くはばたいて上昇する。

チーチーと暴れる獲物の身体をぐっと爪の力を入れて締めつけると、相手はそのまま動かなくなった。彼は先程までとまっていたヤナギの枝に戻って、そこで捕《とら》えたトガリネズミの頭を嘴で割って息の根を止め、それからゆっくりと全部喰った。満足だった。

彼が生まれたのは、ここから山をいくつも越えた広い森林の中だった。その頃は魚は豊富で、彼も巣立つまではたっぷりの餌《えさ》を親からもらっていた。四羽の仔が孵《かえ》ってそのうちの三羽が育ったのだから、本当に魚はたくさんいたのだ。

それから自分の領土を求めてこちらの方へ移って来た。幸いに誰も住んでいない洞を大きなミズナラの木に見つけ、餌も近隣の川や池で捕れることがわかって、一応は生きてゆく自信をつけた。

二年目の春に連れ合いを見つけた。一緒に暮らすようになった最初の夏、連れ合いが産んだ二つの卵はどれも孵らなかった。彼らは少し落胆したが、最初はそんなこともあるかとすぐに忘れた。

翌年も二つ生まれた。抱卵をはじめた連れ合いに彼は熱心に餌を運んだ。川にはウグイやヤマベがいたし、一度などは熱意のあまり遠い沼まで行って大きすぎるイトウに手を出し、逆に足をくわえられて水の中に引き込まれそうになった。水の中で暴れまわり、嘴で相手の鼻面《はなづら》に大きな傷を負わせてようやく逃げ帰った。

しかし、卵が孵る少し前、彼らの巣の周囲は急に騒々しくなった。無神経な音をたてて歩く二本足の奇妙な生き物が何匹もやってきて、あたりを荒らしまわった。連れ合いは卵を護《まも》ろうという気持ちと騒音への不安に挟まれていらいらと神経質になり、時には彼にまでつっかかった。二本足の動物が巣のある木の下まで来た日、ついに彼らは巣を放棄した。二つの卵はそのまま死んだ。奇妙な生き物たちの騒ぎはなおも続き、やがてもっとすごい音をたてる大きなものが来て、立派なミズナラの木をつぎつぎに倒して運び去った。

そんなことがあってから、彼らはその一帯をあきらめて山の奥に移り住んだ。他人の領地に入り込んで追い出されることもあった。せっかく洞のある木を見つけたと思ったら、そこまでもあのうるさい連中が来て、その木を倒してしまったこともあった。卵を孵して子を育てたいという内奥からの強い欲求と、その場所が見つからないという苛立《いらだ》ちの間で彼らは途方に暮れた。そして満足できない半端な巣をいくつか捨てたあげく、最後に彼らは営巣《えいそう》をやめてしまった。

昔はあの生き物たちもあんなにうるさくはなかったのに、という考えがある時ふと彼の頭にやどった。それが自分の記憶なのか、どういう形でか彼の世代まで伝えられた一族の記憶なのか、彼自身にはわからない。しかし、ずっとずっと前、その生き物たちの大きな巣がいくつも並んだ川辺で、自分たちが喰い散らかしたサケの残りをその連中が拾っている姿を見た気がする。今見るよりはずっと地味な姿をしていたし、うるさくもなかった。互いに警戒する必要もなく、森の仲間として悪い相手ではなかった。

彼が連れ合いを失ったのは、そんな落ち着かない冬と夏を三つほど越した頃のことだった。もともとその時期は川を上ってくるサケとマスだけで餌には困らなかったし、それも産卵を終えたホッチャレなどには手も出さず、生きのいいのを捕らえて内臓とスジコだけを喰ってあとは放り出すような勝手な喰い方ができた。それなのに、その年は魚がまったく上って来なかった。川の途中には妙に平たい大きな石の壁が、岸から岸まで流れを止めるように造られて、魚が上るのを邪魔していた。彼らは次第に飢えていった。彼はじっと我慢したが、連れ合いはサケがいないものかと下流の方を見に行った。そしてそのまま帰ってこなかった。彼女が河口の鮭卵採取所に迷い込み、夜の道路で車の光に目が眩《くら》んで轢死《れきし》したことを、彼は知らなかった。

彼はまた、自分がこの地方に残った最後の一羽であることも知らなかった。一族は彼を残してすべて死にたえていた。彼はもう二度とつがいを作ることもなければ、子を育てることもない。縄張りを争うこともないし、他の誰かが「ぼお・ぼお」と啼くのを聞くこともない。

彼が生きている間だけが彼の種がこの世にある時で、彼という個体がいなくなれば、もう大きく翼を広げて夜の空を翔ぶその姿が見られることは決してないということを、彼自身は知らなかった。

彼が知っていたのは、巣にするような大きなミズナラが切られて搬出され、河口に近いあたりにはあの騒々しい奇妙な生き物がたくさんいてとても近づけないということだった。川を上ろうとするサケとマスは一尾残らず河口で捕獲され、堰堤《えんてい》のせいでヤマベやオショロコマもすっかり少なくなり、連れ合いはもう二度と戻らず、自分はこのまま慣れない狩りを続けて少しずつ体力を失い、遠くない未来に死ぬだろうということだけだった。もうすぐ雪が降り、池や沼は結氷する。彼がこの冬を越えるのはむずかしいかもしれない。考えてみれば、自分の生涯に一羽の子も育てなかったと彼は思った。そして、そういうことのすべてを彼はどうすることもできなかった。

本当に彼は一族の最後の一羽だということを知らなかったのだろうか。異性も同性も含めて仲間にまったく会わないことを、彼は小さな脳の一番深いところで一つの淋しさとして意識していたはずだ。それは孵る直前の卵を失った時の混乱と苦痛をもっとずっと希薄にして、もっと長くしつこく、延々と続くようにした感情だった。彼は自分がそれに慣れたような気がしていたけれども、しかし、それは常に彼につきまとい、足の先の小さな傷か何かのように、彼を少しずつ苦しめた。自分が死ねばそれで一族が終焉を迎えるということを、彼はその淡い無意識の淋しさの内に、感じとっていた。

明け方、一匹のトガリネズミ以上の獲物を得られないままに、彼はまた尾根を越えて、沢の近くのヤチダモの枝に戻った。もうどこで昼間の時間を過ごしても同じようなものだが、それでもこの仮の宿に戻る習慣はまだ残っていた。ねぐらの葉の間に身を隠して明るい間ずっと動かなかった。午後になってから、前の晩に丸ごと喰ったネズミの毛や骨など、消化できない部分を胃の中で玉にして、ヤチダモの根元に吐き出した。

その小さなトガリネズミが犠牲になったおかげで、北海道で最後のシマフクロウの生命は少なくともあと数日の保証を得た。

『骨は珊瑚、眼は真珠』より

解説

池澤夏樹は北海道出身の小説家です。ギリシャや沖縄、フランスなどに暮らし、旅を重ねながら多彩な作品を発表していますが、『静かな大地』『熊になった少年』など、北海道を舞台とした作品も手掛けています。

「最後の一羽」は、北海道の自然が人間によって奪われていくさまを、一羽のシマフクロウの視点から描いた静謐《せいひつ》な作品です。

豊かな自然環境のシンボルともいわれるシマフクロウは、寒冷地を好む世界最大級のフクロウです。日本での生息地域は、北海道の知床半島や根室半島の周辺、十勝地方や日高地方、国後島などに限られ、本州より南では姿を見ることができません。かつては北海道の全域に生息していましたが、開発にともなう環境破壊によって生息数が減っていきました。現在の生息数は約百四十羽とみられ、絶滅のおそれが最も高い絶滅危惧ＩＡ類に指定されています。

古くからアイヌの人々はシマフクロウを「コタンクルカムイ」と呼び、村の守り神として敬い共存してきました。アイヌの口承文芸のひとつである神謡にも、主人公としてシマフクロウの神が多く登場しています。しかし明治時代から、森林伐採やダムの建設、河川の改修などが盛んに行われるようになりました。その結果、巣を作るための大樹や主食である魚類の数が減り、シマフクロウが住める土地が少なくなってしまったのです。

もともと数が少なく、鳥食物連鎖の頂点に立つシマフクロウは、餌などの生息環境が整っていないと数が減少してしまう宿命にあります。

シマフクロウは一九九三年に国内希少野生動植物種に指定され、現在では巣箱の設置や給餌、植林など、様々な保護活動が行われています。

池澤夏樹

(いけざわ　なつき) 1945〜

北海道帯広市生まれの小説家・詩人。埼玉大学中退。1978年、詩集『塩の道』でデビュー。1987年に小説『スティル・ライフ』で芥川賞および中央公論新人賞を受賞。小説や詩集、エッセイ、紀行文など様々な分野で作品を発表している。2007年より、個人編集で『世界文学全集』(河出書房新社)を刊行した。

『骨は珊瑚、眼は真珠』
文春文庫／1998年

サビタの記憶

原田康子

私が、K温泉で一夏を保養したのは、女学生になったばかりの年である。私は病弱な少女だった。

一年の大半を病床ですごすので、私は青白くやせていて、背丈ばかり高かった。私はいろんな病気にかかった。喉《のど》や気管支を悪くしたり、結核になりかけたこともある。むろん、学校の成績はまるでよくなかった。それでも、私立女学校だったが、私がどうやら女学生になれたのは、父が街の有力者を通じて、校長にたのみこんだからである。そのことに、私はひどい屈辱を感じ、女学生になってもちっともうれしくなかった。学校の、黒いしゃれたセーラー型の制服は、寸法が合わず、私に似合わなかった。私は、制服を着ていることをなにかのまちがいのように思いながら、毎日おずおずと学校へ通っていた。授業は退屈だったし、臆病《おくびょう》な私には仲のよい友だちもできなかった。だから、入学後二月目《ふたつき》に微熱がではじめると、私はほっとして学校を休んだ。熱は割合早く引いて、私はがっかりしたが、K温泉行きがきまると、急に元気づいた。

K温泉は、私の住む街から列車とバスで四時間ほど北の高原にある。私は母につれられて行った。道々、母は、

「きっとあすこの空気はあなたの体にいいい。秋までに丈夫になるわ」

とくり返しつづけた。母は、私が病弱であることを特殊な風土のせいにしていたのである。私が発病するのは、たいてい五月か六月ころだった。その季節になると、街を中心に北海道東海岸一帯は、濃い海霧《ガス》におおわれる。連日のように霧は街をつつみ、晴天の日はまれにしかない。母の考えどおり、私の病弱な体質もそんな気候にいくらか原因があったかもしれないが、私はロマンティックで空想好きの少女だったから、海霧《ガス》は大好きだった。晴れた日は、まぶしくて苦手だった。私と母がK温泉にむかった日も、街はびしょびしょ霧にぬれていて気持悪いほどだったのに、列車が北に近づくにつれ、おどろくような快晴になった。で

も、私はなんとなく心細くなって、沿線の落葉松《からまつ》や白樺《しらかば》の森林をぼんやり眺《なが》めていた。

母がK温泉を保養地にえらんだ原因は、気候がよいせいばかりではなかった。Kには、山《やま》城館《しろ》という古い旅館がある。そこの主人は、私の父母とごく親しいつき合いをしていた。母は私を一人で置いてくる計画だった。それには、山城館に私をあずけるのが、好都合だったわけである。私は何度もそのことをいいふくめられていた。私の父はわがままな性質で、女中の作る料理をいやがったし、妹たち二人はまだ幼なかった。私にも、母が長い期間家をあけることのできぬ理由はよくわかっていた。かえって私ははじめての一人の生活に、なにかぼんやりした期待さえ感じていた。でも、いざとなると、私はやはり心配になった。

山城館は、古びた大きな旅館である。うしろは深い針葉樹の森で、いつも白い湯気をたてた川が、建物のまわりを取りまいていた。私の部屋は別館の二階だった。その棟は小部屋が多く、誰が泊っているものか、どの部屋もひっそりしていた。

私は、ちっとも丈夫になりたいとは思わなかったけれど、母のあたえていった注意を、忠実に守って暮した。私の日課は、午前中軽い散歩をし、午後は休息という単調なものだった。

私は午後、二時間くらい寝ると、本を読んだり、絵を描《か》いたりした。私は勉強が嫌《きら》いだったが、本を読むことは大好きだった。小さいころ「アリババ」の物語に魅《み》せられた私の、そのころの愛読書は「ギリシャ神話」だった。私は何度もくり返して読み、しまいには自分で物語を作りあげて、一人でたのしんでいた。私は、水仙《すいせん》になったナルシスの話に感激した。(なぜそのとき、わたしがそばにいてナルシスを水辺からつれもどせなかったのかしら)と、私は残念だった。私の「物語」はそんなところからはじまる。しかし夕暮れになると、その「遊び」にも飽きて、私は別館の静けさがへんに気になった。

私の隣の部屋もむろん静かだった。右手の部屋にはお婆《ばあ》さんがいて、私はその姿をときどききみかけたが、左手のほうはまるで人の気配がなかった。でも女中のおケイさんは、配膳《はいぜん》のとき、その部屋の前にもお膳をおいた。私はこっそり、「物語」の主人公のような、すてきな人であることを願っていた。でも彼女、あるいは彼は、きっと太った小母《おば》さんか、ヒゲを生やしたお爺《じい》さんのように思われてならなかった。

旅にも、一人暮しにも慣れていないので、私はときどき無性にさびしくなった。ある夕暮れ、私は廊下に出て、窓にもたれていた。黒く光った幅のひろい廊下には人影がなく、窓からは中庭をへだてた本館の明りがみえた。本館には、観光客や修学旅行の団体が多い。ざわついた気配の中で、少女たちが合唱していた。すると、私の涙腺《るいせん》は急にゆるんで、涙がポタポタこぼれてきた。私は家に帰りたかった。誰かが恋しかった。そのくせ私は、果物など持って来てくれる旅館のお内儀《かみ》さんはむろんのこと、おケイさんにさえなじんでいなかったのだ。泣いたのは、すこし熱があったせいかもしれない。私は長いあいだ手放しで泣きじゃくっていた。人の通らぬ廊下は、たいへん都合がよかった。だから、とつぜん肩に手をかけられたとき、私は飛び上るほどおどろいてしまった。白絣《しろがすり》を着た、背の高い男が、笑いながら私をみていた。

「どうしたの?」

と、男は私の顔をのぞきこんだ。私は恥ずかしくなって顔をそむけた。

「叱《しか》られたのかな?」

私はゆっくりかぶりを振った。

「母さんは帰ったんだろ? じゃ感傷ッていうやつか」

ひょいと私の頭をなでて、その人はそばを離れて行ったが、途中で一度立ち止まり、人なつっこく笑いかけた。

夕食のとき、私はさんざんためらったあげく、おケイさんに男のことをたずねた。「白い絣を着て、背の高い男の人」と、私は彼を表現した。おケイさんは太った丸い顔をかたむけて考えていたが、

「ヒダさんでしょ」

「どんな字を書くの？」

「物を比較する比という字。どうしたの？」

私はくすくす笑って、

「母さんが帰ったことまで知ってるわ」

と、だけ言った。おケイさんは打ちとけた私に安心したように、

「退屈なもんだから観察してんのよ。このお部屋の左手……」

私はすっかりおどろいた。（どうしてあんなに静かなのかしら）と、思った。でもそんなことはどうでもよかった。私の空想の人物とは、大分ちがう様子であったが、私は比田さんを好きだと思った。おケイさんにも、急に親しみが持てた。熱があったのに、その夜私はご飯

を三杯も食べた。

私は、比田さんとすぐ仲よくなった。泣いた夜から三日目の朝、洗面所に行くと比田さんがいて、歯ブラシを使いながら笑いかけた。

「遊びにおいで」

と、比田さんは言った。私がすぐ返事をしなかったのは、比田さんのくちびるに煉歯磨《ねりはみがき》が、白くくっついていたからである。私はそれが気に食わなかった。でも、そんな気持はすぐ消えてしまって、私は比田さんの部屋に遊びにいった。

比田さんの部屋に行くとき、私は本や画用紙を抱えて行った。遊びに行くといったところで、比田さんと遊ぶ何物もなかったからである。たいてい比田さんは本を読んでいた。私は五、六冊本を持ってきていたが、比田さんの部屋には見渡したところ、二冊しかなかったので、私はへんな気がした。(大人はもっと本を持ってるもの)と思っていたから。でも二冊とも分厚い硬そうな本だった。なんの本なのか一度たずねると、比田さんは「これ?」と笑っただけだった。かさねてたずねる気はなかった。ちらとみた「――論」という背文字が私の興味をそいだ。(きっと面白くない本なんだろう)と、私は思った。反対に、比田さんは私の本を検査した。私は漱石の「猫《ねこ》」を読んでいた。

「文学第一歩か。おもしろいの？」

私はうなずいた。実はあまりおもしろくなかったのである。少しはおもしろかったが、それよりも比田さんに、大人の読む本を読んでいることを知らせたかったのだ。絵を描くと絵ものぞいた。私の描く絵は空想画である。私は城砦《じょうさい》とか、教会のある街の絵を、クレパスと水彩でよく描いた。

「キリコかな。君は画才があるよ」

と、比田さんは笑った。

私は、比田さんにからかわれていることを意識しはじめた。しかし彼のそばにいると、なんとなく楽しく安らかなのだった。

比田さんの部屋から(私の部屋もおなじだったが)樹海の向うに白く煙を吐いている硫黄山《いおうざん》が見えた。ときどき私たちは、窓の手すりに並んで話をした。話し手はほとんど私だった。私は家族のこと、おもしろくない学校のこと、体の弱いことを話して聞かせた。比田さんはうなずきながら聞く。聞くだけで、自分のことは私に話そうとしなかった。問いかけると「えらいんだぜ。大将だ」とか「便利屋だ」と、はぐらかす。私が怒ると、たいした興味もなさそうな顔をして、彼は付近の森林の生態をくわしく説明してくれた。たぶん私を退屈させまいとしているのだろうと思って、私はすこし悲しかった。で、私は突拍子もないことを言いだす。

「きっとあの森にはニンフがいるわ。わたしニンフと会いたいの」

「ニンフだって？　君のような女の子のことか」

私は顔が赤くなった。私の考えているニンフとは、いつも裸で金髪を体に巻きつけている、透きとおるような少女だった。

（中略）

山城館の横を流れる川に沿って、私たちはゆっくり歩いた。川はもうもう湯気を立て、川底には硫黄が黄色くこびりついていた。白い河床《かわどこ》にでて、

「比田さんも病気？」

と、私はついたずねてしまった。私にとって、比田さんの全部は疑問符につつまれていたのだけれど、たずねるのはいけないような、たずねても無駄《むだ》なような気がぼんやりしていた。

比田さんは、

「あるいはね」

と言ってから、

「勘当さ、勘当って知ってるかい?」

その意味は私も知っていた。でも、比田さんはいたってほがらかな顔をしているので、私はうそだと思った。比田さんは、小さな薄黄色い花をいっぱいつけた、低い灌木《かんぼく》の小枝を折った。花はいい匂いがした。私は比田さんの手から小枝を取った。

「なんて花?」

「サビタ」

と、比田さんは答えた。タともテともつかぬ発音をした。

「押花をつくってやろう。うまいんだぜ」

帰りに気をつけて見ると、その花はあちこちに白っぽく咲いていた。山城館の付近にもあった。私は比田さんが手折《たお》ったから、この花も目につくようになったのだと思った。

帰るとすぐ、わたしはおケイさんから新聞紙をもらってきた。比田さんは新聞紙を小さく切って、重ねた紙の真ん中辺に花をていねいにはさんだ。

「これを本の下にでも積んで置くんだ」

私はそっと紙にふれた。

「夕方までぼくの部屋に置こう」

比田さんがそう言ったとき、部屋の戸がノックされた。私はおケイさんだと思ったから、元気よく返事をした。でもはいってきたのは、緑色のドレスを着た見知らぬ女だった。

「ヒロセさん……」

と、女の人は小型のボストンバッグをぶら下げて、立ったままかすれた声で言った。

「やはりここだったのね」

比田さんの顔は青かった。

「どうしたんだ」

そう言った彼の声には、私が聞いたこともない、素気なく、きびしいひびきがあった。

「あなたのお父様だって心配……」

と、女の人は声を呑《の》んだ。比田さんは、ちらと私を見た。「出て行きなさい」という意味をその目に感じて、私はあわてて立ち上った。私は、少し乱暴に押花をした新聞をつかんだ。女の人は私を黙殺していた。見むきもしなかった。

部屋にもどると、私はぺたっと畳の上にすわりこんだ。私は長い時間、ぼんやりおなじ姿勢ですわっていた。すわりながら、私はせいいっぱいの努力をして、新しい事態を解釈しようとした。(あの人は誰かしら。比田さんの顔は青かった。女の人もへんな顔をしていた。でも私は追い出されたわ)――結局私は理解できなかった。そして、私の裡《うち》に(追い出された)という感じだけが強く残されたのだ。

私はいらいらし、おちつきなく午後をすごした。比田さんの部屋はひっそりしていた。話し声さえ聞えなかった。私はなんとなく、もう比田さんの部屋には行けないのではないだろうか、とうたがった。私は、のろのろと押花の上に本を積み上げた。私の指はまるで力が抜けたようで、ひどく本が重かった。

おケイさんが夕食を運んで来たとき、私は窓ぎわに突っ立っていた。

「今夜は一人でさびしいわね」

そのおケイさんの言葉によって、私は怒りを呼び起された。私は突っ立ったまま、

「あの人だれ?」

と、聞いた。

おケイさんは、はしゃいだように小指を立て、

「と、いったところでわかんないでしょ。今夜は泊るんだから、まず恋人ってとこね」

私は「恋物語」らしいものを、何度もつくったり、こわしたりしていた少女だった。恋人の意味は私なりにわかる。でも私は、おケイさんの言葉を信じられなかった。(恋人ってあんなものじゃない。あの人は比田さんの恋人じゃないわ。比田さんには恋人なんかいるはずがない)と、私は思った。その考えは、しかし積木細工のようにもろく、いまにもこわれそうだった。

私は不機嫌《ふきげん》にだまりこくって、食事をはじめようとしなかった。おケイさんはへんな顔をして、

「ぐあいでも悪いの？　食べなさい」

「いらないッ」

と、私は叫んだ。おケイさんはあきれ顔で私を眺《なが》めていたが、急に彼女の丸い目がキラリと光った。意地悪そうな光だった。私はふいに、いままで彼女が親切だったのは、きっと母が心付けをはずんで行ったせいなのだと、そんなことまで思われだしてきた。私はおケイさんの顔を見たくなかった。おケイさんも、私になどかまっていられないというふうに、

「妬《や》いてるの？　へんな子ねえ」

そう言って出て行った。

私は食事をとうとうとらず、お膳を一人で廊下にさげた。

おケイさんの最後の言葉に、私は傷つけられていた。（へんな子）。なるほど私は子供にちがいなかった。女の人もだからこそ私を黙殺したのだ。私は、比田さんとの年齢のへだたりをまざまざと思い知らされた。

夜、私は眠れなかった。私は目を光らせて、全神経を比田さんの部屋に集中していた。恋人についての、私の定義などむろん他愛《たあい》ないものだった。それでも、私は隣室が気になったのである。旅館全体が寝静まると、女の泣き声がかすかに聞えた。（何を泣くことがあるのかしら）と、私は不思議になり、そして女の人を憎んだ。私は病気になりたいと思った。病気になったら、比田さんは来てくれるかもしれないと考えたのである。

のぞみどおり私は翌日熱をだした。

「子供のくせにヤキモチなんか妬くからよ」

と、おケイさんは笑った。

私は天井をにらみながら、みじめな思いを噛《か》み殺した。どことなく荒っぽい物腰の、太ったおケイさんしかたよる人のいないのが情けなかった。比田さんは来てくれなかった。三日間、私は寝た。しかし、熱は徐々に私のたかぶりを静めてくれた。

比田さんと顔を合わせたのは、熱の引いた翌朝である。手洗いから出て来た私は、ちょうど部屋にはいろうとしている比田さんの姿をみた。比田さんも私をみた。私は奇妙な恥ずかしさをおぼえ、反射的に背をむけた。比田さんは私の名を呼んだ。

「おいで。癒《なお》ったの？」

比田さんの声は以前とすこしもかわっていない。私は勇気を出して、彼のそばに行った。

「やせっぽちがいよいよやせたかな」

にこにこ笑いながら、比田さんは私を見おろした。襖《ふすま》のあいた比田さんの部屋を、私は素早く盗み見た。部屋はからだった。（あの人は帰ったのかしら？）と、私は考えた。でも比田さんにそれを確かめることはできなかった。比田さんは私を部屋に入れず、散歩にさそった。

「いいだろう、近所をゆっくり歩けば」

と、比田さんはちょっと考えるようにして言った。

よく晴れた日だった。道のほとりにウルシの葉が揺れていた。市街のはずれに、大きなホテルがある。近くに行くと言ったのに、比田さんはその先に私をつれて行った。ホテルから向うにも、A温泉に抜ける国道が通っていたが、急に深い森林になっていて、私はまだ一度もその方角に行ったことがなかった。

「君のニンフをさがしにね」

と、比田さんは低い笑い声を立てた。(ニンフなんかいるものか)と、私は比田さんがすこし憎らしくなった。私はこの前のときほど楽しくなかった。比田さんがまともにものをいわぬことを、はっきり感じていたから。途中で比田さんは小道にそれた。すると急に森が切れて真蒼《まっさお》な湖が目の前にひらけた。

「クッシャロ」

と、比田さんは湖の名を言った。私たちは、湖の岸の草に腰をおろした。比田さんはまぶしそうに湖を眺めながら、外国語の歌を口ずさんでいた。なんの歌を彼はうたったのだろう。私は英語を習いはじめたばかりだったから、英語みたいではないと、おぼろげに感じただけ

である。でもその節はたしかに短調だった。比田さんは歌をやめると、

「君は家にいつ帰る?」

そうたずねた。

「あと一週間で。比田さんは?」

「もうじきさ」

私はびっくりして、比田さんの顔をみつめた。私はなにかあわてた。いまにも比田さんが、目の前から消え失《う》せてしまうような錯覚にとらわれたのだ。

「先に帰ったらいいや」

と、ようやく私は言った。比田さんは返事をせずにごろりと草の上にころがって目を閉じた。私はすっかりしょげてしまい、所在なく草をむしって、比田さんの顔の上へふりかけた。比田さんはうるさそうにもしなかった。目のふちにくまができ、疲れた、さびしい顔を比田さんはしていた。

「君はいい子だなあ」

と、比田さんは思いついたようにゆっくり言った。

「君とこうしているとたのしいよ」

私は比田さんの言葉をうたがった。ちらと、あの女の人の顔が胸にうかんだ。でもそんなものはすぐ消えてしまった。比田さんは、いつものようにふざけてはいなかった。私もなんとなく緊張したのかもしれない。

草のせいか、湖のせいか、比田さんの顔色は青かった。死人のようだった。いやな、不吉な気持がして、私は顔の草を払いのけた。その腕をつかむと、比田さんは私を横に寝せ、片手で肩を抱き、片手でおカッパの頭をなでた。比田さんの大きな手はあたたかかった。

比田さんは帰り道、ときどき私を背負ってくれた。私は比田さんの肩につかまりながら、すっかり素直になっていた。比田さんが帰る日まで、泣いたり怒ったりなんかしまいと、私は決心した。久しぶりに、私は空腹さえ感じていた。

ちょうど、正午ころだったろう。観光客のめっきり少なくなった市街にはいると、私は先に立ってどんどん歩いた。ときどき振り返って、比田さんに手を振った。

山城館の前に、黒いタクシーが一台止っていた。私は、その車体をつるりとなで、玄関にはいった。顔見知りの番頭や女中さんが、五、六人出ていた。でもその人たちは、私を見てもいつものように笑わなかった。やがて比田さんが来た。すると、そのときまで私は気づかなかったのだけれど、玄関にいた男が二人、ついと比田さんに近づいた。男は二人ともカンカン帽をかぶり、背広を着ていた。

「ヒロセ」

と、一人の男が呼び、もう一人の男は、なにか手帖《てちょう》のようなものを比田さんに見せた。

「着かえて来ましょう」

と、比田さんは静かな口調で言った。

「いや、持ってきてやる」

そう言って、二人の男は鉄の輪を比田さんの手首にはめた。ほんの短いあいだの出来ごとである。私は、またたきもせずに、その情景をみつめていた。比田さんは無表情だった。無表情のまま、自動車に乗せられた。私のほうを見もしなかった。私には、比田さんに見てもらいたいというゆとりは、まるでなかった。私は両手を握りしめて、火山灰の道路を突走《つっぱし》ってゆく車を見送った。

私はよろめくように部屋に帰った。おケイさんが部屋にいた。

「あの人とどこに行っていたの？」

と、彼女は丸い目をいっそう丸くしてたずねた。私はもう、ひどいショックにものを言うことができず、だまって手すりにしがみついた。

「そういえばおかしかったねえ。名前もニセでしょ。ほんとはヒロセだって」

（そんなことはうそだ。あの人は比田さんだ）と、私は心の中で叫んだ。

「比田さんは、なにを、したの？」

と、私は途切れがちに聞いた。

「シソウハンらしいって……」

私はその意味が呑みこめなかった。しかし、かりに比田さんが泥棒《どろぼう》だったといわれても、私は信じなかったろう。私はただ、比田さんが私のそばに、山城館にいない現実に打ちのめされていた。

私はくちびるを噛《か》みしめて嗚咽《おえつ》をこらえた。

秋になって、私は学校に通いはじめた。やはり友だちは少なく、すこしも楽しくなかったけれど、私は急に熱心に勉強をはじめた。夜おそくまで私は机に向った。母は心配したが、私はただ笑っていた。一年を上位で終ることに私は目標をおいた。なにかが私をかりたてたのである。

私は「物語」にも夢中になれなくなりはじめた。キューピッドやディアナは一人ずつどこかへ去っていった。それにニンフのことを思うと、ニンフの裸の体に、あの冷たそうな鉄の輪がかさなって、私はぞっとした。私は手錠の意味を、手錠が比田さんの手首に巻きついた理由を、すこしも知ろうとしなかった。なんだか知るのはおそろしかったから。でも私は押花を教科書のあちこちにはさんでおいた。授業時間、ときどき花は殺風景な机の上に落ちた。押花をしている友だちはたくさんいたから、誰も気にとめない。私はしかし、ふっと悲しくなった。比田さんを忘れられるものではなかった。私はこっそり大人びた顔つきになって、比田さんの大きなあたたかい手の感触を思いだし(あんな感触をきっと誰も知りはしないんだわ)と、セーラー服の友だちを眺めまわした。

その年の十二月に、イギリス、アメリカとの戦争がはじまった。

『サビタの記憶・廃園』より　抜粋

解説

「サビタの記憶」は、一年の大半を病床で過ごす、病弱で孤独な少女の一夏の経験を描いた作品です。

主人公の少女は夏の保養に、深い針葉樹の森を背に白い湯気を立てる川に囲まれた、山城館という旅館にやってきます。その保養地は作中でK温泉として登場しますが、K温泉とは北海道川上郡弟子屈《てしかが》町にある川湯温泉のことです。

弟子屈町には湯の川が流れ、旅館や土産物店などが並んでいます。原田は、町の中を流れている川の湯けむりや硫黄の香り漂う川湯温泉の情景を丁寧に描写しています。

題名にある「サビタ」とはノリウツギの花のことです。北海道や北東北ではノリウツギのことをサビタと呼び、夏になるとガクアジサイを円錐形にしたような白い花をつけます。少女は、淡い思いを寄せる比田が手折ったがために、それまで気がつかなかったサビタの花が急に目につくようになります。

小説家の高見順《たかみじゅん》は「サビタの記憶」について、「若草のような瑞々しさ」と評しました。原田は以降の作品でも、無垢《むく》で敏感な女性の心の揺れを細やかに描き上げます。読者の胸を甘く軋《きし》ませるような、繊細な恋愛を描く作風は原田の作品の特色で、「サビタの記憶」の少女は、他作品の少女たちのベースとなっていると言えるでしょう。

「サビタの記憶」の発表後は、長編小説『挽歌』が一九五六年に出版され、七〇万部のベストセラーとなります。世間は「挽歌ブーム」に湧き、北海道観光ブームが起こるなど大きな反響を呼びました。

原田は、その後も北海道を離れず作品を書き続け、晩年には、釧路をおもな舞台とする作品『海霧』（二〇〇二年）で、発表の翌年に第三十七回吉川英治文学賞を受賞します。新人の頃と晩年に大きな文学賞を受賞したことは、その間も小説を書き続けていた原田にとって、大きな喜びだったことでしょう。

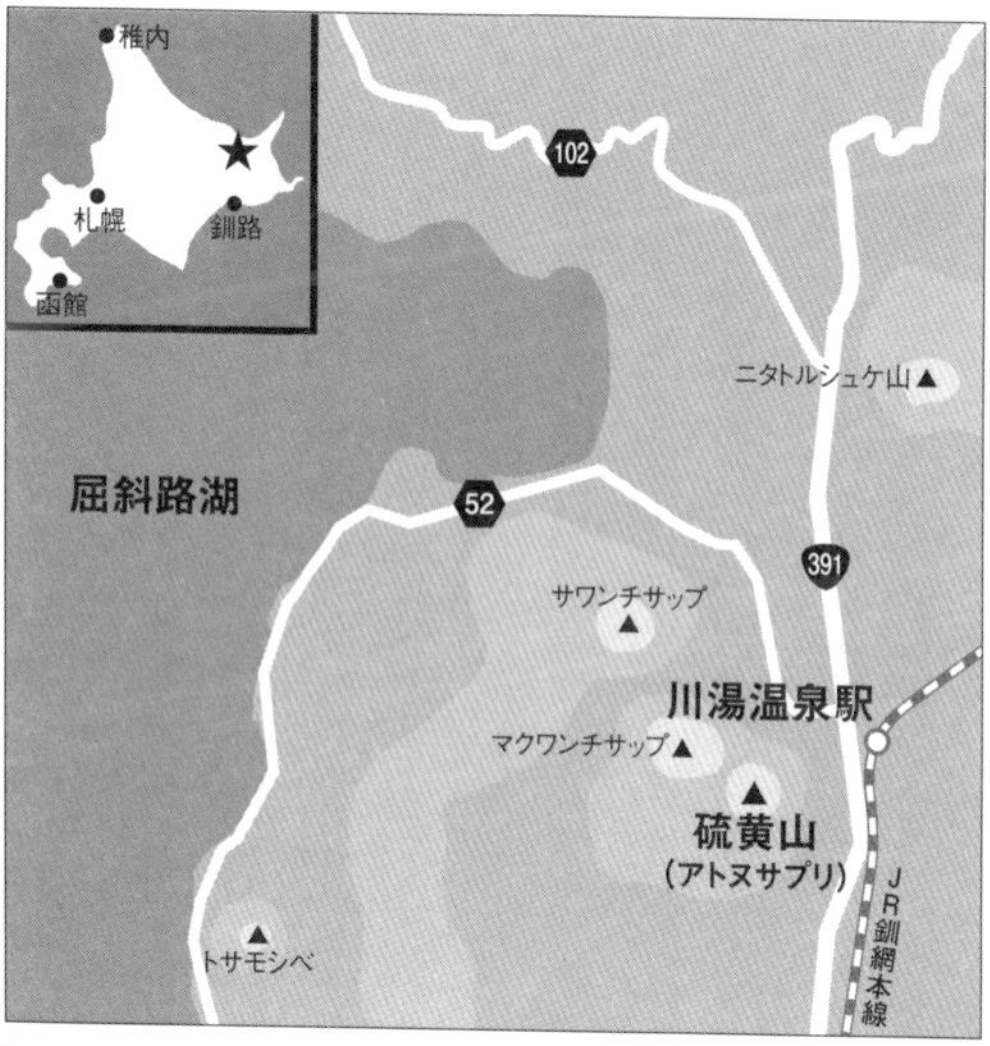

原田康子

（はらだ　やすこ）1928～2009

現在の東京都中野区生まれの小説家。釧路市で育ち、同市の高校を卒業後、東北海道新聞に勤務。文芸同人誌『北海文学』に参加し、1954年「サビタの記憶」が『新潮』の全国同人雑誌優秀作に選ばれる。1955年に連載を始めた『挽歌』で女流文学者賞を受賞。その後も北海道で執筆を続け、『海霧』などの名作を生んだ。

『サビタの記憶・廃園』
新潮文庫／1991年

雪

幼き日のこと

井上靖

私は明治四十年(一九〇七年)に北海道の旭川《あさひかわ》で生《うま》れた。父は当時第七師団軍医部勤務の二等軍医であった。父は二十七歳で、母は二十二歳であった。

父は金沢医専を出ると、軍医を志願し、最初の任地として旭川の師団に配された。まだ軍医学校にもはいっていなかったので、一人前の軍医とは言えず、軍医の卵みたいなものであったのだろうと思う。旭川への赴任を機に、父と母は長い婚約時代にピリオドを打って、最初の任地に於《お》いて新婚時代を過《す》ごしたのである。

私が生れた翌年、朝鮮の動乱によって、第七師団に出動命令が降り、父も従軍することになった。そのために年が明けると早々、母親と私は郷里である静岡県の伊豆の山村に帰った。従って、私が旭川に居《い》た期間は一年足らずである。満一歳になっていないので、旭川については何の記憶も持っていないし、思い出も持っていない。道産子《どさんこ》には違いないのであるが、旭川で生れたというだけのことである。

旭川では官舎に住んでいた。当時の郵便物の宛名は、〝北海道上川《かみかわ》郡旭川町第二区三条通十六ノ二〟となっている。聯隊《れんたい》の近くの陸軍官舎地区の一隅に小さい家を貰っていたのであろう。それはともかく、私は旭川のその官舎で母のお腹《なか》にはいり、そのお腹から出、そして一年足らずの短い期間、旭川という土地の空気を吸い、そして慌しくそこを引揚げたのである。

幼時、多少の物心がついて、自分が母親の腹部に仕舞《しま》われていたことを知るようになった頃、私は自分が母親の腹部の中にはいっていた状態を、何となく蛹《さなぎ》が繭《まゆ》の中にはいっているような、そのような状態として受け取っていた。郷里の山村では、どこの家に行っても蚕棚があり、私たちは幼い頃から繭や蛹には慣れっこであった。自分は繭の中で身を縮め、息をこらして、外へ出して貰う時の来るのを、おとなしく待っていたのだ、そんな風に解釈していたのである。

閉じ籠《こ》められている世界はほの明るい平安なものであった。繭の白い表面のほんのりとした光沢、それを手にした時のやわらかい手触り、そうしたことから、そこがほの明るい微光が一面に立ち籠《こ》めている、少しぐらいどこかにぶつかろうと痛くはない世界に思われたのである。とにかく私は母親の腹部をそのようなものとして理解していた。今思っても、そういう受取り方は間違っていない。確かにお蚕《かいこ》さんが繭から出るように、私は母親の腹部から出たのであり、それまでそこに暖く、大切に仕舞われていたのである。

いつのことか、母は旭川時代に、大きいお腹をして、雪の落ちている中を、近くの市場まで買いものに行ったというようなことを語ったことがある。私の五、六歳の時のことではなかったかと思う。その時の私がこの母の語った旭川の生活の一断片に、いかなる反応をしたか覚えていない。しかし、このことをついにこの年齢まで忘れないで憶《おぼ》えているのであるから、それが幼い心に強く刻み込まれたことだけは確かである。

それなら、どうしてそのように強く心に刻みつけられたのであろうか。今にして思うと、私は母の腹部に仕舞われたまま、母といっしょに雪が舞っている中を、市場まで買いものに行ったという一種の感動ではなかったかと思う。自分は決して旭川という町に無縁ではない。母の腹部の繭のようなものの中に仕舞い込まれてはあったが、とにかく旭川という町で、雪の降る日、そこの市場まで買いものに出掛けたのである。自分はたくさんのものに包み込まれている。繭に包まれ、その上を母のお腹で包まれ、更にその上を母親の着物で、マントで包まれている。そして雪の舞っている中を、母親といっしょに市場に向って移動して行ったのである。乾物屋の前に立ったり、八百屋の前に立ったりする。そしてまた母といっしょに雪の舞う中を三条通りの小さい官舎に戻って来たのである。

もちろん、これは今の私が、何も喋《しゃべ》れなかった五、六歳の自分に代って代弁してやっているのであるが、大体このようなことになるのではないかと思う。でなくて、ただこれだけのことを、終生忘れないでいる筈はない。今の私には、大きなお腹を抱えて、雪の日に市場まで出掛けて行ったという話の中には、母の悲しみが籠められているように思われる。或《ある》いは母は旭川で過した新婚時代の辛かった思い出の一つとして、——辛くはなかったとしても、多少どこかに悲しさの感じられる思い出の一つとして、それを語ったのであったかも知れない。そして幼児の私にも、何となくそれが感じられたかも知れない。母は辛かったであろう。辛かったかも知れないが、それはそれとして、自分は幾重にも、繭や、母のお腹や、着物や、マントに大切に包み込まれて、母といっしょに旭川の一画を歩いたのである。

私は母に関する思い出の中で、この話が好きである。嬰児《えいじ》の私もその話の中に一つの役割を持っているからである。

（中略）

――いつ、どこで生れた？

幼少の頃、こういう質問を受けると、私はいつも、

――五月に、北海道の旭川で生れた。

こう答えて、多少の誇りに似た思いを持った。私は物心がついてからずっと、自分が生れた旭川という町にも、自分が生れた五月という月にも、理由のさだかでない誇りを感じていた。旭川についても、その五月についても、いかなる記憶も、思い出も持っていないということは、そういう誇りを持つことに対して、いささかの妨げにもならなかった。寧《むし》ろそうしたものがないから、自分の生誕の町、生誕の月に対して誇りを持てたのである。

明治四十年の旭川は、旭川屯田兵《とんでんへい》村が開設されてから十八年、旭川村となってから十四年、第七師団が置かれてから七年、現在の繁華な都市旭川とはまるで異っていた町であった筈だ。全くの軍隊の町であったのである。周囲の平原も、今日の大米作地帯、工業地帯とは似ても似つかぬものであったろう。

現在、私は六十数年前の旭川に軍靴の臭いのする荒いざらざらしたものと、厳しい自然とが入り混じった特殊な町のたたずまいを感ずる。四季を問わず、夜などはしんとした淋しい町であったろうと思う。そしてそうした師団の町の、陸軍官舎の一つで自分が生れたということは、これはこれで、なかなかいいと思っている。父は一生陸軍の軍医として過しているので、父の子らしくていいではないかと思うのである。しかし、これは父が他界してからあとの、子としての私の思いであるかも知れない。

だが、幼少時代の私にとっては、旭川というところは、自分が生れた町以外の何ものでもなかった。そこは自分が生れたということで、美しいところであり、素晴らしい町でなければならなかったのである。

自分が五月に生れたということも、幼少時代の私には素晴らしいことのように思われた。母が時に五月の旭川の、百合が一時に開く美しさを語るのを聞いたりすると、私は誰よりも恵まれた出生を持っていると思った。寒い間、母の腹中にぬくぬくと仕舞われてあり、雪がとけ、春の明るい陽光が降り始めると、私は母の腹中から飛び出したのである。

『幼き日のこと・青春放浪』より　抜粋

解説

『幼き日のこと』は、井上靖が自らの生い立ちから子ども時代の記憶をたどりつつ、思い出の数々を記していった作品です。五月に旭川で生まれたことや、両親の許《もと》を離れ血のつながらない祖母と暮らした伊豆湯ケ島での幼年時代などが、愛惜の念をこめて記録されています。

井上靖は旭川市で生まれ、ほどなくして静岡県へ移り住みましたが、作家となってから数回旭川を訪れて講演を行っています。また彼は、過去を振り返りながら自身を分析した『私の自己形成史』の中でも旭川について触れており、「私は新聞社などの調査カードで出身地と書かれてある欄には〝静岡県〟と書くことにしているが、出生地とはっきり生れた土地を求められている場合は、〝北海道旭川〟と書く」と記しています。過ごした時間は短くとも、旭川という場所は、井上靖の胸中に美しい印象とともにありつづけたようです。

旭川市は、北海道では札幌市に次いで二番目の人口を抱える北日本最大の中核市で、国際会議観光都市にも指定されています。北海道のほぼ中央にある上川盆地の中心にあり、石狩川、忠別《ちゅうべつ》川、美瑛《びえい》川、牛朱別《うしゅべつ》川など、大小百三十の河川が流れています。

旭川市は内陸に位置することから、年間の気温差が大きく、夏は暑く冬は厳しい寒さに見舞われます。一九〇二年には、日本で観測された最低気温であるマイナス四十一度を記録しました。一九六〇年から毎年二月に「旭川冬まつり」が開催されており、世界最大級の雪像や氷の彫刻などが作られています。

明治時代初期までの旭川は交通手段が乏しく、自給自足の生活が営まれていました。一八九八年に鉄道が開通してからは人口が増え、大きく発展していきます。一九〇四年には陸軍第七師団が設置され、旭川は軍都となったのでした。

一九九一年、旭川開基百年を記念して、旭川市に井上靖の自筆の詩が刻まれた文学碑が建立されました。また一九九三年には市内に「井上靖記念館」が開館しました。取材ノートや直筆原稿などの資料が展示されているほか、東京都にあった井上靖邸の書斎と応接間が移転され、公開されています。

井上靖

(いのうえ　やすし) 1907～1991

北海道旭川市生まれの小説家。京都帝国大学(現在の京都大学)卒業。毎日新聞社に入社し、宗教欄、美術欄を担当する。日中戦争で招集されるが病気のため除隊。1947年に『闘牛』を執筆し、1950年に同作品で芥川賞を受賞。『楼蘭』『敦煌』など中国の歴史小説も積極的に執筆し、日中友好にも力を尽くした。

『幼き日のこと・青春放浪』
新潮文庫／1976年

雪

中谷宇吉郎

次の冬の正月休みの前になって巧《うま》いことを思いついた。それは十勝岳《とかちだけ》の中腹三千五百尺のところにある、山林監視人のために出来ているヒュッテの白銀荘というのを借りることである。それを借り受けて、皆で出かけ雪の降る日は結晶の写真を撮り、天気の良い日は仕方がないからスキーをやろうという案なのである。駅から五里の雪道を、原始林の間を縫い、馬橇《ばそり》で顕微鏡だの写真の道具だの食糧だのを運ぶのは大仕事であったが、計画は見事成功した。白樺の老樹の細《こまか》い枝が樹氷につつまれて空一面に交錯している間に、僅《わず》かばかりの空所があって、その間を静かに降って来る雪の結晶は、予期以上に繊細巧緻《せんさいこうち》を極めた構造のものであった。夜になって風がなく気温が零下十五度位になった時に静かに降り出す雪は特に美しかった。真暗なベランダに出て懐中電燈を空に向けて見ると、底なしの暗い空の奥から、数知れぬ白い粉が後から後からと無限に続いて落ちて来る。それが大体きまった大きさの螺旋《らせん》形《けい》を描きながら舞って来るのである。そして大部分のものはキラキラと電燈の光に輝いて、結晶面の完全な発達を知らせてくれる。標高は千百米《メートル》位に過ぎないが、北海道の奥地遠く人煙を離れた十勝岳の中腹では、風のない夜は全くの沈黙と暗黒の世界である。その闇の中を頭上だけ一部分懐中電燈の光で区切って、その中を何時《いつ》までも舞い落ちて来る雪を仰いでいると、いつの間にか自分の身体が静かに空へ浮き上って行くような錯覚が起きて来る。外に基準となる物が何も見えないのであるからそんな錯覚の起きるのは不思議ではないが、しかしその感覚自身は実に珍しい今まで知らなかった経験であった。

ヒュッテの中には部屋の真中に大きいストーブがあって、番人の老人が太い三尺もある立派な丸太を惜し気もなくどんどん燃してくれている。其処で十分暖まってから防寒外套を着て、ベランダに出て写真をとるのである。顕微鏡写真の装置は固定したままベランダに出し放しになっているので、暫《しばら》く休んでいる間に、水鳥の胸毛よりももっと軽い雪がもう何寸《ずん》も積っている。軽いといえば、十勝岳の真冬の降り立ての雪位軽いものは少いだろう。比重を測って見ると百分の一よりも小さいことがある。まるで空気ばかりのようなものである。よく縁日の雑沓《ざっとう》の中で、銅の盥《たらい》をぐるぐる廻して綿菓子というものを売っていることがあるが、あの綿菓子のような感じである。こんな雪はさっと払うとすぐ飛んでしまって、そのまま仕事を続けるのに何の邪魔にもならない。この土地では冬の六箇月の間気温が零下五度以上に昇ることは殆《ほとん》どない。それで水の状態は固体であって、液体の水というのは例外的に見られるだけである。それで周囲は全く水の中に埋まれているはずなのに物が濡れるという心配は先《ま》ずないのだから面白いと思った。千円の顕微鏡を雪の露天に放り出して置いても、乾いた布で拭うだけの注意をしていれば何の故障も起《おこ》らないのである。余《あま》り大切にして一々暖い部屋へ持ち込んで掃除をしていたら、温度の急変と雪がとけるためにかえって色々な故障が起きやすい。こんな所ではずぼらをするに限るのであって、ただ注意すべきことは、水をこぼすことである。液体の水は此処では一種の危険品で、あやまってベランダの床の上などにこぼしたら、直《す》ぐ凍りついてしまって、その後は危くて歩くことも出来ない始末になる。

結晶がとける心配はないのであるから、いくらでも良い写真がとれるはずであるが、実際は初めの中はなかなか巧く行かなかった。愚図愚図《ぐずぐず》している中に昇華作用で肝心の一番繊細な模様が消えてしまったり、つい一番大切な珍らしい結晶に息を吹きかけてしまったり、なかなかそう簡単には行かなかった。ところが十勝行もその年の中に二回、次の年にも三回という風に度重って行くと、不思議なことには雪の結晶が段々大きく見えて来て、それに硝子細工か何かのように勝手に弄《いじ》り廻《まわ》すことが出来るようになって来た。どうも双児の結晶らしいと思われるものは、両方から引っぱるとちゃんと二つに分れるようになった。寺田先生の随筆に硝子の面に作った絹糸位の割れ目を顕微鏡で毎日覗いていると、小山の中に峡谷があるように見えて来る、そうなると色々の現象が分って来るというような意味の一節があったように憶《おぼ》えているが、どうもそういうことがありそうである。十勝岳ではよく水晶のような六角柱の雪の結晶で両底面に六花《ろっか》の板状結晶がついて丁度鼓《つづみ》のような形になったものが降って来ることがある。そういう結晶は何とかして顕微鏡の下に垂直に立てて、その側面の写真をとりたいのである。色々試みた末、唾《つば》を使うのが一番良いということが分った。マッチの軸の先をちょっと舐《な》めて硝子板をそっとつつくと、唾の非常に小さい滴《しずく》が硝子板の上につく。ところが唾は氷点が低いと見えて暫くは過冷却の状態で液状の微滴のままになっている。そこで今一本のマッチの軸の頭を折ったもので結晶を吊しながら、丁度結晶が垂直に立つようにその一端を唾の滴にふれさせるのである。すると今まで過冷却の状態にあった唾の滴はその瞬間に凍って、結晶は巧く垂直に硝子面に凍りつくのであった。このようにして色々の結晶の側面写真をとって見ると、平面写真ばかり見ていたのではどうしても分らなかったことが、呆気《あっけ》ない位《くらい》簡単に分って来るのでとても面白かった。

十勝岳の思い出は皆なつかしいことばかりである。冬の深山の晴れた雪の朝位《くらい》美しいものは少いであろう。登山家やスキー家たちが生命の危険にさらされながらも、冬の山へ出かけてゆく気持がわかるような気がした。十勝岳での雪の仕事のことは今も度々思い出されるのであるが、その印象は美しいことばかりのようである。

『雪』より　抜粋

解説

北海道大学にある常時低温研究室の跡地に、六角形の御影石で雪の結晶をかたどった記念碑が置かれています。石版には「人工雪誕生の地」と書かれた題字が刻まれ、傍《かたわ》らにある解説板には、常時低温研究室で実験している中谷宇吉郎の写真が飾られています。

イギリス留学から帰国した宇吉郎は、北海道大学理学部に赴任して二年後の一九三二年に雪の結晶の研究を始めました。一九三三年からは十勝岳の山小屋白銀荘で、天然雪の観測を開始し、一九三五年には人工雪の製作に着手したのでした。

宇吉郎は、雪が私たちの暮らしに大きな関わりを持ち、北海道に合った研究テーマだと考えていた矢先に、雪の結晶を集めたアメリカのアマチュア研究家・ベントレーの写真集『Snow《スノウ》 Crystals《クリスタルズ》』に出会います。その写真の結晶があまりに美しかったことから、感動して雪の研究を始めたといいます。

雪の結晶というと六角形を思い浮かべますが、結晶は針のようだったりピラミッドのようだったりとさまざまな形があります。宇吉郎は三千枚もの結晶の写真を撮り、その分類を再度することにしたのです。

気象の変化によって、どんなときにどのような結晶が空から降ってくるのかを調べました。そして次に、観察によって思い浮かんだ仮説を確かめようと、人工雪の製作を目指したのでした。

実験当初は気温が氷点下になるような室内で行われていましたが、一九三六年二月、「常時低温研究室」が北海道帝国大学（現在の北海道大学）に設置され、宇吉郎は大喜びで実験を続けます。そして一九三六年三月十二日、ついに世界で初めて人工の雪を作ることに成功しました。

『雪』は、その研究と成果の集大成であり、『冬の華』など多数の著作を持つ随筆家でもあった宇吉郎の代表作となりました。文中に登場する「寺田先生」は、宇吉郎が東京帝国大学（現在の東京大学）時代に師事していた、物理学者で随筆家の寺田寅《とら》彦《ひこ》のことです。

中谷宇吉郎は『雪』の中で「雪の結晶は、天から送られた手紙」だという有名な一文を残したのでした。

中谷宇吉郎

（なかや　うきちろう）1900～1962

現在の石川県加賀市生まれの物理学者・随筆家。東京帝国大学（現在の東京大学）卒業。1932年に北海道帝国大学（現在の北海道大学）で教授となってから雪の結晶を研究対象とし、1936年に人工雪の製作に世界で初めて成功。自然科学について人々に分かりやすく伝える方法として文筆活動も行った。

『雪』
岩波文庫／1994年

夜明けのきらめき、雪の隙間の青のもとから

松尾真由美

こともなく
過ぎさる夜に
雪のすこやかな結晶はたたまれ
やわらかでつめたい寝台の視界では
陽の反射がきらきらとかたく輝く
思わしげに消失を待つ精妙な白を見つめ
抗わないことの執着と静脈に背はかじかみ
そのひどく人間的な情動は美しい迷信家の指のあたりで

ほどよい湿度を携えた気高い恋慕の世界がひろがる
乱調な暮らしと言葉にまみれた俗世のひしめき
くるくるとくるくるとこしえに落ちていき
しばしば凍死者の麗しい横顔にあこがれ
冷ややかな裸体から吹き返す息の先
ここからはじまる音楽をまとってみる
前触れもなくやってくるものに頬をよせ
両目を閉じて陰影の川をわたり
漠とした空隙が心地よいとき
繃帯をとき傷口をさらす
怪我の上の怪我の怪我
懲りない失態を陰気に笑い
結語のない曇天のつづき

果実が割れ種子がこぼれる
それを拾って気まぐれな明度をにぎり
かすかな耀いを煎じることの
よろこびがふくらんで
もろい容器の岬の色
あやしくにごり
ほとんど
逆巻く

『雪のきらめき、火花の湿度、消えゆく蘂のはるかな記憶を』より

解説

「夜明けのきらめき、雪の隙間の青のもとから」という詩は、一冊の長編詩として書かれた詩集『雪のきらめき、火花の湿度、消えゆく蘂《しべ》のはるかな記憶を』に挿入されています。

松尾真由美の詩を集めた現代詩文庫『松尾真由美詩集』の解説で岩成達也《いわなりたつや》は、松尾の詩が「言葉が言葉を、行が行を引き起し、それらが重層しつつ全体に及んでくる、言葉の純粋な自己運動」だと語っています。

「夜明けのきらめき、雪の隙間の青のもとから」を前にして眼と意識とを作動させてみると、詩を構成している言葉たちが、意味と形とリズムによって行を追うごとに読み手の感覚と共振していくように感じられてきます。

松尾真由美は、一九六一年に北海道で生まれました。詩作をはじめたのは遅く、日記を書くことから詩の創作に入っていったといいます。一九九五年には、個人詩誌『ぷあぞん』の刊行を北海道ではじめ、二〇〇二年には、第五十二回「H氏賞」を『密約―オブリガート』で受賞しています。

「H氏賞」とは詩の芥川賞ともいわれる文学賞で、現代詩のすぐれた新人の詩集を広く社会に推奨しようと日本現代詩人会が一九五〇年に創設しました。プロレタリア詩人でもあった機械メーカー創業者の平澤貞二郎が基金を拠出した賞ですが、平澤が匿名を強く希望したため、名前は頭文字を冠した「H氏賞」となりました。

今は北海道を離れて、東京で詩作や詩の朗読に取り組んでいる松尾真由美ですが、自身のブログで、札幌在住の写真家・森美千代《みちよ》と「写真と詩のコラボレーション」をテーマに多くの作品を公開しています。また、定期的に札幌を訪ね、雪や氷の冬景色に接しているそうです。

日本現代詩人会によせたコラムの中では「11月末日、雪に覆われた新千歳空港に到着。JRに乗って札幌へと向かう。札幌の街も雪に覆われていて、雪と氷の入り混じる道は歩きにくいけれど、東京から1時間半で冬景色のただなかにいる自分が嬉しくもある。私は北海道新聞文学賞詩部門の選考委員で、10月の選考委員会と11月の文学賞授賞式に出席するため、毎年、この時期は札幌に行きます」と語っています。

松尾真由美

（まつお　まゆみ）1961～

北海道釧路市生まれの詩人。個人詩誌『ぷあぞん』の主宰からはじまり、現代詩の詩集を多く出版する。2002年には思潮社から出版された『密約―オブリガート』でH氏賞を受賞。著作に『揺籃期―メッザ・ヴォーチェ』『彩管譜―コンチェルティーノ』『睡濫』などがある。

『雪のきらめき、火花の湿度、消えゆく藥のはるかな記憶を』
思潮社／2009年

冬の肖像

左川ちか

北国の陸地はいま懶《ものぐさ》くそして疲れてゐる。山や街は雪に埋められ、目覚めようともしないで静かな鈍い光の中でゆつくりと、ゆつくりと次第に眠りを深めてゐる。空と地上は灰色に塗りつぶされて幾日も曇天が続く。太陽が雲の中へうまつてゐる間は雪そのものが発するやうに思はれる弱い光——輝きの失せた、妙に冷たくおとろへた光が這ふやうにして窓硝子を通つて机の上の一冊の本に注いでゐる。ところどころ斑点をつけた影をつくりながら震へてゐる。同じ場処に落着かずにたえずいらいらして文字を拾つてゐるやうに見える。すべての影はぼんやりと消えさうな不安な様子をしてゐる。屋根の傾斜に沿つて雪が積り、雪でつくられた門の向ふに家がある。裸の林、長い間おき忘れてゐた道端の樹等は私達をむかへるために動かうとする一枚の葉をもつてゐない。ただ箒を並べたやうに枯れた枝は上へ上へと伸びてゐる。

（躑躅《つつじ》、林檎、桃等が地肌から燃えたつやうに花を開いては空気の中にあざやかに浮びあがる）（其処の垣根は山吹の花で縁取られ、落葉松《からまつ》は細かに鋏んだ天鵞絨《びろうど》の葉を緑に染めてゐる）さうしたものらが目を奪ふやうなはなやかさで地面を彩つてゐたことを、厚く重なり、うす黒く汚れてゐる雪の中にゐて誰が思ひ出すだらう。遠い世界の再びかへらぬ記憶として人々は保つてゐるのに違ひない。そしてしまひには幾十年も住み馴れたやうに思ひこんで自分のまはりにだけ輪を描いてゐるのだ。丘を越えると飜《ひるがえ》つてゐる緑の街や明滅する広告塔のあることにも気付かずに老いてしまふ。そのあとを真白に雪がつもる。ひとたび雪に埋められた地上は起き上る努力がどんなものか知つてゐるのだらうか？　総ては運動を停止し、暗闇の中でかすかに目をあけ、そしてとぢる。鳥等は羽をひろげたまま、河は走ることをやめてゐる。それは長い一日のやうに思はれた。雲が動いてゐることを見出すだけでも喜びであつたから。終日雪が降つてゐる。木から屋根へまつすぐに、或は吹き流されて隣へ隣へと一方が降りだすと真似をしたやうに次々伝染してゆくやうだ。空はひくく地上に拡つて、遠くの海なりに調子を合せて上つたり下つたりしてゐるのだ。空を支へてゐる木たちがその重さに耐へられないやうな時に雪が降るやうに思はれる。どんなに踏み分けて進んでも奥の方がわからない程降つてゐるので、そばを通る人も近くの山も消え去つてしまふ雪の日である。

時々空の破れめから太陽が顔を現しても日脚はゆつくりと追ひかけてでもゐるやうに枯れた雑木林を風のあとのやうに裏返しながら次第に色を深めてゐる。其処は夢の中の廊下のやうに白い道であつた。触れる度に両側の壁が崩れるやうな気がする。並木は影のやうに倒れかかつて。その路をゆく人影は私の父ではあるまいか。呼びとめても振り返ることのない脊姿であつた。夜目にも白く浮んでゐる雪路、そこを辿るものは二度と帰ることをゆるされないやうに思はれる。幾人もの足跡を雪はすぐ消してしまふ。死がその辺にゐたのだ。人々の気付かぬうちに物かげに忍びよつては白い手を振る。深い足跡を残して死が通りすぎた。優しかつた人の死骸はどこに埋つてゐるのか。私達の失はれた幸福もどこかにかくされてゐる。朝、雪の積つた地上が美しいのはそのためであつた。私達の夢を掘るやうなシヤベルの音がする。

風であつたのか。戸を叩くやうな音で目覚める。カアテンを開けると窓硝子が白い模様をつけて、その向ふではげしく雪が降つてゐる。

『左川ちか全詩集』より

解説

左川ちかは一九一一年に北海道余市町《よいち》に生まれ、昭和時代の初期にモダニズムを代表する詩人として活躍しました。

本名は川崎愛《ちか》といい、兄の川崎昇《のぼる》は伊藤整の親友です。左川は伊藤整の代表的自伝小説『若い詩人の肖像』に、川崎愛子の名前で登場しており「面長で眼が細く、眼鏡をかけ、いつまでも少女のように胸が平べったく、制服に黒いストッキングをつけて、少し前屈みになって」いると書かれました。

幼い頃から病弱な体質だった左川は、四歳の頃まで自由に歩行することも困難でした。また視力も弱く、春先の季節になると必ず眼を痛めて通院していたといいます。

太陽の光を強く反射する白い雪は、視力の弱い左川には厳しい自然環境の一つだったのかも知れません。『冬の肖像』で「幾人もの足跡を雪はすぐ消してしまふ。死がその辺にいたのだ。人々の気付かぬうちに物かげに忍びよつては白い手を振る」といった表現をするのは、そんな理由からなのでしょうか。

左川は、一九二八年に小樽高等女学校を卒業すると、その年の八月に上京します。兄の自宅で同居をはじめ、伊藤整や百田宗治《ももたそうじ》などの作家や詩人たちと交流を深めていきました。そして、一九三〇年からおよそ五年間に渡って、八十二篇の詩と『冬の肖像』をはじめ八篇の散文詩を発表します。作品は日本の近代詩を特徴づけてきた抒情的表現や韻律とは別な、堅く乾いた散文調の文体によって記されています。

左川は、伊藤整と川崎昇が創刊した『文芸レビュー』や、同人となった百田宗治の『椎の木』、『詩と詩論』などに作品を発表しました。創作とともに、多くの翻訳も手がけ、一九三二年には、ジェームス・ジョイスの『室楽』を椎の木社から刊行しています。

新進気鋭の詩人として期待された左川でしたが、一九三五年四月に腹痛を起こし、十月に胃ガンの末期であることを告げられると、十二月に退院し、翌年に世田谷の自宅で亡くなりました。その年に、伊藤整の編集で『左川ちか詩集』限定三百五十部が昭森社から出版されました。

左川ちか

（さがわ　ちか）1911〜1936

北海道余市郡余市町生まれの詩人。庁立小樽高等女学校（現・小樽桜陽高校）卒業。1928年、兄を頼って上京し、兄の友人であった伊藤整を通じて作家・詩人たちと交流を広げる。1930年から雑誌に詩を発表し始める。新進気鋭の詩人として注目されるが、1936年、胃ガンのため24歳の若さでこの世を去った。

『左川ちか全詩集』
森開社／2010年

監修者あとがき

野坂幸弘

〈北海道の文学〉あるいは〈北海道文学〉とはなにかというそもそもの問いには、真摯な議論の歴史がありますが、ここでは定義的にはゆるめて考えています。

いささか私事にわたりますが、私は長いこと北海道を離れて暮らしていました。その間、肉親や友人に会いに行くように、折りにふれて〈北海道の文学〉を読んでおりました。それは〈ふるさと〉の思い出に重なる詩や物語の舞台でもある街を訪れる、行き先が決まっているような〈さんぽ〉でもありました。私の場合〈北海道の文学〉といっても限られた範囲のものだったわけです。

この一年ほど、時に同学の仲間と語らいながら、ゆかりの文学者の顔ぶれ、地域、題材などを拡げるかたちで、あらためて〈北海道の文学〉に向き合いました。そこにはすでに『北海道文学全集全二十二巻・別巻一』（立風書房）という一九七〇年代末までの集大成がありますし、それ以降の多くの作品もあります。〈さんぽ〉になぞらえていえば、これは日常的な範囲を超える長時間の冒険の道に足を踏み入れること、すなわち海に囲まれた広大な北の自然を基盤とする風土・地域社会・時代的諸条件下の生活的現実、男女の生の在りようといった諸々を読むことが課せられる想像力のトライアスロンに参加するような行為です。結果的に取り上げることを断念した作品のほうにむしろ関心が集まったり、〈北海道の文学〉のイメージの人による差異に気づかされながら、味読するに足る作品に出会うことができたりして、無聊《ぶりょう》をかこつ身には充実した愉しい日々でありました。

本巻は、オフィス303の気鋭の編集スタッフとの度重なる意見の交換と、解説者に人を得たことによって、形をなすことができました。ここに記して、感謝する次第です。

札幌に柳絮《りゅうじょ》飛ぶ日のありぞとよ長安のごと巴里のごとく　　与謝野晶子

『北海遊草』より

監修●**野坂幸弘**(のさか　ゆきひろ)

1937年、北海道小樽市生まれ。北海道大学大学院文学研究科博士課程中途退学。同大学文学部助手を経て、1970年〜2001年、岩手大学教育学部に勤務。同大学名誉教授。2001年〜2008年、北海学園大学大学院文学研究科教授。日本近現代文学。著書・論文等に詩集『薔薇と女神など』(私家版)『伊藤整の"街"と"村"』(北書房)『伊藤整論』(双文社出版)『北京点描』(昭和文学史研究会)『視角の螺階　昭和文学私論』(双文社出版)「北方星菫派にあこがれて―左川ちかと阿部保―」(『芸術至上主義文芸』34)などがある。

●協力

喜多香織(きた　かおり)北海道文学館学芸員

塩谷昌弘(しおや　まさひろ)盛岡大学文学部助教

解説●**三橋俊明**(みはし　としあき)

1947年東京都・神田生まれ。1973年『無尽出版会』を設立、参加。日本アジア・アフリカ作家会議執行役員を歴任。著作に『路上の全共闘1968』(河出書房新社)、共著に『別冊宝島　東京の正体』『別冊宝島　モダン都市解読読本』『別冊宝島　思想の測量術』『新しさの博物誌』『細民窟と博覧会』『流行通行止め』(JICC出版局/現・宝島社)『明日は騒乱罪』(第三書館)、執筆にシリーズ『日本のもと』(講談社)などがある。

写真●**山﨑友也**(やまさき　ゆうや)

1970年広島県生まれ。鉄道写真家。日本大学芸術学部写真学科を卒業後、真島満秀写真事務所を経てフリーとなる。2000年に有限会社レイルマンフォトオフィスを中井精也と共同で設立。著書に『僕はこうして鉄道カメラマンになった』(クラッセブックス)、『ちず鉄』(全7巻、東京地図出版)、『夜感鉄道』(椎出版社)などがある。

●作品一覧

カバー/p.2/p.8/p38/p.80/p.110/p.152/p.208

以上、本人所蔵

地図協力
● マップデザイン研究室

写真協力（五十音順・敬称略）
● 朝日新聞社（p.19・25・36・51・66・78・90・101・108・121・125・149・159・166・171・182・205・217・224）
● ヤマハミュージックパブリッシング（p.115）
● 松尾真由美（p.229）

コピーライト
●『北の国の習い』　作詞　中島みゆき　　作曲　中島みゆき

● 表記に関する注意
本書に収録した作品の中には、今日の観点からは、差別的表現と感じられ得る箇所がありますが、作品の文学性および芸術性を鑑み、原文どおりといたしました。また、文章中の仮名遣いに関しては、新漢字および新仮名遣いになおし、編集部の判断で、新たにルビを付与している箇所もあります。さらに、見出し等を割愛している箇所もあります。

ふるさと文学《ぶんがく》さんぽ　北海道《ほっかいどう》

二〇一三年　八月二〇日　初版発行

監修　野坂幸弘《のさかゆきひろ》
発行者　佐藤　靖
発行所　大和《だいわ》書房
〒一一二―〇〇一四
東京都文京区関口一―三三―四
電話　〇三―三二〇三―四五一一

ブックデザイン　ミルキィ・イソベ（ステュディオ・パラボリカ）
明光院花音（ステュディオ・パラボリカ）
林　千穂（ステュディオ・パラボリカ）
編集　オフィス303
本文印刷　信毎書籍印刷
カバー印刷　歩プロセス
製本所　ナショナル製本

ISBN 978-4-479-86207-9
乱丁本・落丁本はお取り替えいたします。
http://www.daiwashobo.co.jp/